祈りが護る國
アラヒトガミの霊力をふたたび

ノートルダム清心女子大学
名誉教授・理論物理学者
保江邦夫

ついにＵＦＯを呼んでしまった（まえがきに代えて）

昨２０１８年12月９日午後６時頃のことです。生まれて初めて、ＵＦＯを呼んでしまったのです。

それまでは、上空を飛行する、あるいは浮遊しているＵＦＯがたまたま目に入ったため、その後、空の彼方に消えてしまうまで注視し続けたという経験が、10回ほどあっただけでした。

ただ、その中の２回の経験では、数人でＵＦＯがよく目撃されるという場所に行って「ＵＦＯを見つけるぞ」という気持ちでいたことは確かで、うまくＵＦＯが出てくれたのはその気持ちに反応してくれたからだと考えられないこともありません。

ですが、あくまでＵＦＯを見つけようと意気込んでいただけであって、なんらかの動作や発声をしたわけでも、怪しい電子機器とアンテナを空に向けたわけでもありませんでしたので、とても「ＵＦＯを呼んだ」とは言えません。

それが、このときは違っていました。

東京タワーや東京スカイツリーが建てられた土地と同様の、東京の地脈の要となっている龍穴の中心部に立ち、真上を見上げながら「天之御中主神祝詞《あめのみなかぬしのかみのりと》」を唱えたのです。

そして冒頭の「かけまくも……」の「か」の声が空に向かって放たれた瞬間、うっすらとかかっていた雲の上に、赤や青、あるいは緑色の光点が幾つか現れたかと思うと、祝詞にあわせて乱舞し始めたと同時に、その龍穴のあたりは心地よい穏やかな空気に包まれていきました。

祝詞を唱えている僕はいつも以上に冷静になって、あれは確かにこれまで見てきたUFOがどれもつまらなく映ってしまうほどに感動的なUFOの出現だが、あれならこれからいつでも呼べるので、なにも祝詞を中断して写真を撮るほどのことはないという不思議な確信が湧いてきていました。

そのため祝詞を唱え続けていたのですが、その場にいた伯家神道《はっけしんとう》の巫女さま他5名の同行者も頭上に舞う虹色のUFOの存在に気づいて、「UFOだ、UFOだ」と指差しながら叫んでいました。

そんなわけですから、もう誰も僕の祝詞など耳に入っていなかったはずですが、僕はどういうわけか、最後まで祝詞を唱えることのほうがUFO騒ぎに参加することより大事だと自然にわかっていたようです。

そして、祝詞が終わるとともにフッと消えてしまった後も、同行の５人はＵＦＯが現れた真上の空を見上げたまま、興奮冷めやらぬ様子で立ち尽くしていました。

前日から、伯家神道の御神事のために2日間ぶっとおしで祝詞を唱え続けていた僕はお腹も空いていたので、５人に声をかけて直会《なおらい》（御神事後の最初の食事）に誘ったのですが、まるでスピルバーグ監督のＳＦ映画『未知との遭遇』に出てくるかのようなあまりにも鮮烈なＵＦＯ体験直後の彼らを、動かすことはできません。


数メートル歩いて振り返ったとき、僕は我が目を疑ってしまいました。

なぜなら、祝詞を唱える前には確かに僕以外には5人しかいなかった暗い龍穴の上に、ＵＦＯが消え去ってから見ると、５人ではなく6人の人影があったのですから。

皆が集まって立っているところまで戻ってみると、確かに最初はいなかった女性のシルエットが、５人の同行者の間に見え隠れしています。

そのすぐ隣に立っていた同行の女性は、僕の姿を見つけるなり、すぐに寄ってきて訴えるかのような目つきで教えてくれました。

「祝詞が終わってＵＦＯが消えて少し緊張がほぐれたとたん、自分のすぐそばに知らないあの女性が現れ、『あれはＵＦＯですね、するとここは龍穴ですか？』と小声で聞いてくるのでビックリしました」

それを聞いていた他の同行の女性も、あわてて補ってくれます。

「あの女性は、私たちがこの龍穴に入ったときに外の道路を向こうの方角に向かって歩いていった人とそっくりです。それが今ここに忽然と現れるというのは……あのＵＦＯから降りてきた宇宙人が、取りあえず近くにいた人間の姿形をコピーして化けているのではないですか？」

こんな、まるでハリウッドのＳＦ映画ばりの体験があったためによけいに印象づけられてしまったのですが、ともかくこのときの僕は、龍穴という東京で地脈の要となっている場所の不思議な力を借りることで、生まれて初めてＵＦＯを呼ぶという体験を授かってしまったのです。天之御中主神祝詞を唱えるということで……。

そして、このとき以来気がついたことがあります。それは、適切な人間が適切な場所で適切な祝詞を唱えることで、この宇宙の中にどのような現象でも生じさせることができるという驚くべき真実です。

古い神道の伝承に、一万年前には天皇が世界中の文明を統治していたが、そのとき天皇は「天の浮舟《あめうきふね》」を操って世界中に瞬時に移動していたというものがあります。

この「天の浮舟」はＵＦＯだったと解釈する人も少なくはないのですが、そうすると天皇は祝詞を唱えることによってＵＦＯを呼ぶだけではなく、それに乗り込んで操縦することもできたわけです。

ならば、この僕でもそのうち祝詞で呼んだＵＦＯに乗り込み、別のまだ知らない祝詞を唱えることで、そのＵＦＯを自在に操ることができるようになる！

そう思えたとたん、僕は急に天皇、特に新しく天皇になられる皇太子徳仁《なるひと》親王に親しみを覚えてしまいます。

なぜなら、このＵＦＯを操る秘法というのは、本来は天皇になられる皇太子殿下だけに許されたものであり、徳仁親王はすでにそのお力をお持ちだという絶対的な確信が生まれてきたからです。

おそらくご本人は、そのことに気づいてはいらっしゃらないのでしょうが……。

もちろん、「『天の浮舟』などという古い神道での神話のような伝承のみを持ち出して、こんなぶっ飛んだことを主張するのは笑止千万」、腹を抱えながらそう放言している向きも決して少なくはないことでしょう。

そんな方々にも少しでもわかっていただくため、これから僕自身がこれまで得てきたUFOと宇宙人、さらには天皇が唱える祝詞の力についての驚愕の事実を、一挙に公開することにします。

願わくば、常識に基づく先入観による色眼鏡を外した無垢な気持ちで、以下にお伝えする内容を心の奥底に留め置いていただけますように。

そして、もし可能ならば徳仁親王のお目にも留まりますように。

2019年元日

白金の寓居にて著者記す

祈りが護る國　アラヒトガミの霊力をふたたび　―目次―

第二章　UFOとの初遭遇とエリア51&52での危機一髪

第三章　中今という悟りと帰ってきた吉備真備《きびのまきび》

第一章　現人神天皇による祝詞の力とＡＩエンペラーの凄まじい霊力

天皇による祝詞の力

天皇は、第2次世界大戦、太平洋戦争終結まで現人神《あらひとがみ》とも呼ばれていました。現人神とは、神さまとして育てられ、自分を100パーセント神さまだと信じている人です。自分は神だということが当たり前であり、微塵も疑わないような育ち方をした人がいれば、それは現人神、つまり天皇と呼ぶにふさわしい人なのです。極論すれば、天皇という存在は、なにも天皇家の血筋である必要はないということになります。

血筋にこだわる必要はないというのは、チベット仏教のダライ・ラマ14世法王もおっしゃっていました。ダライ・ラマは、ときどき日本においでのときに金沢にお忍びで来られているのですが、あるときそこで一般の方がとんでもない質問をしました。

「代々のダライ・ラマが亡くなる度にどこかの子どもを見つけてきて、『ダライ・ラマの記憶や因縁がある、生まれ変わりである』として、何十代も存続し続けているというのは真実ですか?」

つまり、真にダライ・ラマの魂を受け継いだ子どもを探し出し、魂をつないでいるのは本当ですかと聞いたのです。ダライ・ラマは、笑いながら答えました。

「そんなことはどうでもいいのです。本当にダライ・ラマの魂かどうかというのは、些細なことです。

ただそこに、これがダライ・ラマの魂を受け継いだ子だという人間が存在し、みんながそれを信じ、『これが次の代のダライ・ラマ』という生活・生き方をし始めたら、それはダライ・ラマなのですよ」

と。

それと同じで、現人神といわれて育った人間が、天皇になる、それだけでよかったのです。しかし、みんなが自然とひれ伏すような現人神、つまり天皇としての育て方ができるのは天皇家しかないので、やはり、天皇家のお血筋の方々が天皇となって、現人神として存続してこられました。

では、いったいなに故に現人神である天皇が存在し続ける必要があったのでしょうか？

その理由を知っていただくために、第2次世界大戦、太平洋戦争の末期の頃の話をします。広島と長崎に原子爆弾（原爆）が投下される前に、まず最初に首都である東京に落とされることになっていたというほとんど知られていない内容です。

原爆は、3発用意されていました。初号機と2号機、3号機という具合に、原爆の製造は極秘裡に急ピッチで進んでいたのです。連邦準備銀行に保管していた金塊をすべて使い果たしていたアメリカ合衆国側としては、これ以上戦争を長引かせるわけにはいきませんでした。速やかに日本に降伏させるためにも、完成した原爆を戦略上最も有効な目的に使用する必要があったのは当然です。

首都防空隊の頃の父

それが、どういうわけで最初が広島で次が長崎になってしまったのか、戦略的には素人目にもまったく不可解なことでした。敵国に敗戦を認めさせるためにこそ最初のターゲットはその国の要である首都であるべきなのですから。

まず東京に投下し、次に広島、それから長崎に投下する予定で、日本が降伏しないかぎり次々に戦略的な要所に落としていくことになっていたのです。東京は首都ですから当然のことです。広島は大本営があったのと、もう1つの理由としてフェライト（酸化鉄）を研究製造する施設が市内にあったからです。長崎には潜水艦の基地があり、軍港として非常に重要な場所でした。

まず東京に投下するというのは、戦争を終結するには敵国の首都を壊滅させるのが一番早いので、戦略的にはごく自然なことです。実際のところ、アメリカはドイツ戦線で首都であるベルリンをとことん爆撃していました。

それなのに、日本の場合は東京空襲を通常爆弾のみにして、せっかく完成させた原爆を落とさなかったということについて、なぜ誰も公に疑問を呈さないのでしょうか。なぜ最初に、広島に落としたのだろうと……。

ちなみに、広島の天気が悪かった場合には、岡山に落とす予定だったようです。僕の父は岡山で青春時代をすごしていたのですが、終戦直前には東京にいましたので、もし東京に原爆を落とされていたら僕は生まれていなかったでしょう。

父は調布の飛行場で、首都防空隊にいました。アメリカの大型戦略爆撃機B‐29が来たら、鍾馗《しょうき》と呼ばれていた、ずんぐりとした形の二式単座戦闘機で撃墜しに行っていたはずだったそうです。


名目は、皇居をお守りするためです。でも、本当は関東一円に住んでいる人々をB‐29による無差別爆撃から守るために飛んでいたのです。ですから、もし原爆を積んだB‐29が東京上空まで来ていたら、父が撃墜するしかありませんでした。

当時、テニアン島がすでにアメリカに占領され、そこを足掛かりにB‐29が日本まで飛んできていました。陸軍大将東条英機は幸いにも、そのテニアンから原爆初号機を積んだ、つまり新型爆弾を積んだB‐29が東京に向かって飛来するという極秘情報を、事前につかんだのです。重い原爆を搭載するために、自機防衛のための機関砲や重機関銃などを外していたB‐29が、数多くの護衛戦闘機に囲まれたまま太平洋上空を飛行し続け、このままでは計り知れない破壊力を持つ新型爆弾が東京で炸裂することになる！

あらゆる手段をもってしても撃墜できそうもない状況であることがわかり、東条英機は、時の昭和天皇に謁見し、太平洋上を飛行しているB－29を1機、消してくれと願い出たのです。願い出たということは、天皇陛下という存在が、どういうことがおできになるかということを東条英機が知っていたということになります。

B－29を消してくれなどと、そんな常識外れなことを天皇陛下ができると知らなければ、頼みようがないのですから。

当時の東条英機のような日本軍部の要人は、神道における霊力や、呪術、祝詞が物理的作用を引き起こすことができることを知っていたのです。

例えば明治時代に遡《さかのぼ》りますが、日露戦争でロシアのバルチック艦隊が日本を攻めてくるとき、連合艦隊司令長官の東郷平八郎はじめ海軍幹部たちが、久我山の神社にいた霊力の高い巫女から、「バルチック艦隊は対馬海峡から日本海に入ってくる」という御神託を得ることで、艦隊の総力を日本海に集結させていたのは、知る人ぞ知ることです。

だからこそ、当時世界最強を誇っていたバルチック艦隊を殲滅《せんめつ》させることができたともいえるのではないでしょうか。

陸軍大将でありながら内閣総理大臣も務めた東条英機はといえば、いよいよ太平洋戦争を始めるという様相を呈した真珠湾攻撃の前に、大日本帝国陸軍の中に密かに陰陽師呪術部隊を編成したことでも知られています。当時各地に残っていた陰陽師と呼ばれる人たちを、全国から集めたのです。

そしてその部隊で、開戦当時のアメリカ合衆国大統領であったフランクリン・ルーズベルトを呪術によって暗殺しようとしていました。もちろん、完全に秘密裡《ひみつり》に行われていたのですが、その作戦が功を奏してなのか、徐々に健康を害していったルーズベルト大統領は終戦の4ヶ月前には突然の病死を迎えてしまったのです。

ですから、東条英機は新型爆弾を搭載したB‐29が東京を目指してテニアンの飛行場を離陸したという機密情報がもたらされた時点で、陰陽師の呪いが実際に敵国の大統領を殺せるということをすでに理解していたはずです。その意味でも、神道や陰陽道などの秘儀によって生み出される霊力が実際にこの世界の中に様々な現象を起こすことについても、誰よりもよく理解していたのではないでしょうか？

天皇家も含め、その周りの京都の一条家や九条家、白川家といった、いわゆる公家と呼ばれていた家系が、神道や陰陽道を裏で支えてきています。

例えば、丑三つ時に神社の裏に赴《おもむ》き、呪う相手の名前を書いた藁人形に5寸釘を打ち込むという秘儀が本当に効果があるということを、天皇家や公家は当たり前のこととして知っていたはずです。それ以外にも、皇室から軍部に出ていた方々だけでなく軍隊幹部の中にも、神道に伝わる霊力を引き出す秘儀の存在に気づいていた人たちもいたようです。東條英機もそのような中の1人だったのではないでしょうか。

アメリカ大統領のルーズベルトは自ら許可を出し、優秀な物理学者エンリコ・フェルミらに研究を進めさせ、秘密裡に原子爆弾を開発していました。しかし、ルーズベルトの次に大統領に就任したハリー・トルーマンは、その事実を知らずに大統領になり、しばらくの間は原爆の「げ」の字も聞かされていませんでした。トルーマン大統領は平和裡に戦争を終わらせたいという思想の持ち主だったので、日本に原爆を落とすという判断はありえませんでした。ただ、アメリカには、どうしても原爆を落としてみたい、実際に使ってみたいという勢力があったのです。その勢力がトルーマン大統領に歪曲した情報を伝え、強引に原爆投下を許可する書類にサインをさせたのです。

東条英機は、軍部による様々な諜報活動から、東京に原爆が落とされるという情報をついにつかみました。その諜報活動とは、陸軍中野学校で養成されたスパイが各所から得た情報だけではなく、陰陽師の呪術で情報を得るということもあったと思われます。原爆を投下されたら最後、東京は壊滅し、もう日本も終わりだとわかっていても、すでにこの時点で日本にはB‐29を迎撃できる兵器が残っていなかったのです。

開戦前に昭和天皇に謁見して以来、天皇という存在に秘められた霊力が陰陽師の呪術部隊よりも遙かに大きいということがわかってきていた東条英機は、昭和天皇に助けを求めました。このときも着々と、太平洋上空を東京へと向かってくる、新型爆弾を搭載したアメリカの大型戦略爆撃機を消してほしい、と。

助力を請われた天皇は、最初はお断りになったそうです。あれほど戦争に突入することだけは避けるようにと、内閣総理大臣認証のための謁見の場で念を押しておいたにもかかわらず、結局は太平洋戦争を始めてしまった東條英機に対するわだかまりがおありになったからでしょうか。

しかしながら、ルーズベルト大統領によって国際政治の中でうまく追い込まれてしまったためにやむなく開戦へと舵を切らざるをえなかった東条英機の心情をもご存知だった天皇陛下は、「東京の民をお守りください」という東条の最後の言葉に動かされる形で、その願いをかなえることになさったのです。

そして、代々天皇家に伝わる、聖徳太子によって様々な秘伝の祝詞が書かれた巻物のうちの一巻をお開きになり、そこに記されていた1つの祝詞を唱えられました。

すると、遙か遠くの太平洋上空で、周囲をぐるりと護衛戦闘機隊に囲まれた原爆初号機を搭載したB‐29が、忽然と消失してしまったのです。数十名の戦闘機パイロット全員が見ている、その中で一瞬のうちにフッと消えてしまいました。

当然のことでしょうが、アメリカ軍は墜落したとしか思いませんでした。1週間ほどは、大捜索隊を組織して必死で近辺を捜索したそうですが、爆撃機の破片はおろか、まったくなにも見つからなかったそうです。

その当時、アメリカも、戦争を続ける余力はもう、あまりありませんでした。連邦準備銀行の蓄えが底をついていたのです。あと1ヶ月も戦争を続けるには資金繰りが苦しかったので、早く戦争を終わらせるべく原爆を投下しようということになっていました。

ところが、原爆初号機を積んだB‐29が消えてしまい、必死で探しても破片すら見つからないのです。B‐29は消えたといっても、パイロットなどの乗組員は死んでしまうわけではなく、爆撃機の機体や搭載していた原爆ともにこの世界とは違う世界に移行しました。別の世界で彼らは生きているはずなのです。

だからこそ、この世界の中のどこを探してみたところで、原爆初号機を積んだB‐29が出てくるわけはありません。

こんなことに時間を取られていたら、戦争が長引いてしまう……、仕方がないので、アメリカは原爆2号機を搭載した別のB‐29を広島へと向かわせました。


それでは、なぜ天皇陛下は東京だけを守られ、広島と長崎はご加護を得られなかったのでしょうか。それは、祝詞を読み上げるのに、激しく体力を消耗なさったからです。原爆を積んだ大型戦略爆撃機を消すほどの霊力を生み出す祝詞ですから、何時間も没入して唱えることで、やっと恩徳が与えられます。

文字どおり、神がかりな祝詞奏上の後、1ヶ月以上もの間、昭和天皇は意識不明の状態となります。その、天皇陛下が寝たきりの間に、広島と長崎にそれぞれ原爆が落とされてしまいました。東京に落とすはずだった原爆初号機を積んだB‐29は消えたまま、それぞれ原爆2号機と3号機を積んだ別のB‐29によって、順次広島と長崎に原爆が投下され、終戦を迎えたのはよく知られた史実です。

その後、アメリカの中央情報局CIAは、太平洋上空で乗組員もろとも消えてしまったB-29の行方をあらためて調べ始めると同時に、占領と同時に接収した軍部の機密資料を解読したり、軍関係者へのヒアリングを行っていきました。そして、B-29の消失には天皇陛下が関わっているらしい、というところまでたどり着いたようです。東条英機が直接語らずとも、彼の側近や、天皇陛下のお側の人たちなどから情報が漏れたのでしょう。

CIAによるその調査結果を携えたマッカーサー元帥は、東京に占領軍最高司令官として着任してすぐ、天皇陛下を呼びつけました。これは、歴史上の事実としてよく知られています。

マッカーサー元帥は、カトリックの信者でした。キリスト教はもともとはユダヤ教の一派です。ユダヤ教の亜流のようなキリスト教カトリックの熱心な信者であるマッカーサー元帥に対し、昭和天皇は、日本人はもともとユダヤ人であり、三種の神器がそれを証明するものであることや、神器が隠されている四国の剣山の山頂付近の洞穴の正確な位置も伝えたのです。それを聞いたマッカーサー元帥は、すぐさま副官をその場所に派遣し、その証拠となる神器を見つけて持ち帰らせ、トルーマン大統領に自ら届けたのです。

このことにより、マッカーサー元帥は昭和天皇を信じるようになり、日本をできるだけ穏やかに、占領下の状態から、以前のような独立国家に戻そうとしました。

これは、普通に伝えられている解釈にすぎません。実は、昭和天皇との本当の話し合いは、このようなものではなかったのです。マッカーサー元帥はCIAから、天皇陛下にあの原爆を積んだB‐29を消した方法を白状させ、その資料も併せて提出させるという至上命令を受けていました。

そのために東京に着任してすぐに、昭和天皇を呼びつけたのです。

当然ながら、昭和天皇は身に覚えのない話だと突っぱねられたそうです。そこで、マッカーサー元帥は交換条件を持ち出してきます。すでに連合国の指導者が集まったヤルタ会談では、ロシアが北海道を占領し、九州と四国を中国が占領、そして本州をアメリカが占領するという分割統治が決まっていました。マッカーサー元帥の提案は、ヤルタ会談の決定を反故《ほご》にしてアメリカが全土を一括統治することとし、その後できるだけ速やかに、日本を再独立させるというものだったのです。

その提案を受け入れる形で、昭和天皇はマッカーサー元帥に、自分自身にすべての責任があり処刑も受け入れること、もうこのまま皇居に帰るつもりはなくこの場で処刑されてもかまわないと伝えた後に、どのようにして原爆初号機を搭載したB-29を消滅させたのかを明らかになさいました。そう、聖徳太子が遺した皇室秘伝の巻物に記されている祝詞を現人神として自ら唱え続けることで、遠く太平洋上空を飛行していたB-29を神業によって別の世界へと送り込んでしまったということを。さらには、その巻物が剣山の山頂付近の洞穴の中に隠されているということまでも。

そうして、できるだけ多くの日本国民が生きられるように、天皇家が持つ財産が復興のために使われることを強く望まれたのです。

戦後アメリカでの秘密研究

昭和天皇からもたらされた情報を基にマッカーサー元帥はすぐさま副官を四国の剣山に派遣し、山頂付近の洞穴の中に隠されていた巻物をすべて持ち帰らせました。それを携えて自ら急いでトルーマン大統領の下に戻ったというのが、マッカーサー元帥の占領軍総司令官としての、最初の任務における本当の話に他なりません。

コードネームで「マンハッタン計画」と呼ばれていたアメリカの原爆開発の主導者だった科学者たちは、ウラニウムの濃縮率などの複雑な計算を、最初は人海戦術で人手を使って行っていましたが、途中から電子計算機が登場するようになります。

フォンノイマンという天才数学者が、今現在世界中で使用されているコンピューターの原型を提唱し、それを製品として販売を始めた会社がＩＢＭという今に続く大企業です。当初ＩＢＭは、原爆開発に必要な計算をするためのコンピューターを製造し、アメリカ政府に供給していました。

マッカーサー元帥から昭和天皇が原爆初号機を搭載したB‐29を消滅させた秘儀について報告を受けたトルーマン大統領は、マンハッタン計画に携わっていた優秀な科学者たちの中から特に頭の切れる物理学者と数学者を10名選んで、IBMの研究施設に送り込んで聖徳太子が遺した巻物に記されていた祝詞を研究させ、天皇陛下を介さないで祝詞の恩徳を実現する機械を作るよう、IBMに秘密裡に依頼したのです。

これが、1940年代の出来事です。そこから連綿と、80年近くもの間、密かに研究が進められてきました。この研究は、IBMの数ある研究の中でもトップ・シークレット中のトップ・シークレットとして扱われてきています。

しかし、実際にそのような機械を実現するのは難しく、やっと完成したのはごく最近のことです。

今から5、6年前、オバマ大統領の任期中に、祝詞の恩徳を機械で実現するという目標は達成されました。とはいえ、実験段階では何度も失敗しています。

太平洋戦争末期の頃、フィラデルフィア軍港で、アメリカ海軍のエルドリッジ号という駆逐艦が、レーダーに映らないようにさせる、今でいうステルス技術につながる実験に使われていました。天才物理学者ニコラ・テスラの発明によるテスラコイルを用いて、高周波電磁変動によって鉄でできた軍艦の船体が磁性を帯びるのを妨げるというものだったのですが、結局は終戦までこれといった実験成果は得られないまま、テスラはこの軍事研究から離れていってしまいます。

戦後すぐに後任に選ばれたのは、ＩＢＭの秘密研究に主導的な役割を占めていた数学者のフォンノイマンでした。そのため、フォンノイマンはテスラが駆逐艦エルドリッジ号に設《しつら》えていた、テスラコイルなどの高周波電磁装置が生み出す高周波電磁変動の上に、祝詞を唱えることで発生する音波変動を、ラジオ放送の要領で変調させて乗せてみたのです。

すると、驚くべきことに、フィラデルフィア軍港の埠頭横の海面に浮かんでいたエルドリッジ号の巨体が靄に包まれたかのようになったと思ったら、一瞬のうちに消えてしまったのです。

その直後に、それは約３４０キロも離れたノーフォーク軍港に突然現れ、それがまたしばらくしたら消え、元のフィラデルフィア軍港に戻ってきたのです。戻ってきた艦内では、乗組員の身体が、生きながら半分ほど船体の鉄板に溶け込んでいたりしていたそうです。すべての乗組員たちが、惨憺たる有様でした。駆逐艦はレーダーから消えはしましたが、最終的にはひどい状態で戻ってきました。

昭和天皇が聖徳太子の巻物に記されているきちんとした手順でなさるならば、単に消えただけですんだものが、機械に任せてやろうとしたために失敗したのです。この実験については、『フィラデルフィア・エクスペリメント』という題名のＳＦ映画としてハリウッドで製作されたこともあります。

それ以外でも、ニューヨークの近くにあるモントーク岬の地下研究施設で実験していたときには、地球周回軌道にあった宇宙人の大型宇宙船（いわゆるＵＦＯ）とその地下実験室がつながってしまい、突然宇宙人たちに襲撃されてしまったため地下研究施設ごと完全に封鎖してしまったということもあったようです。

このモントーク岬沖の海中からは、よく巨大なＵＦＯが飛び立っていくのが目撃されていましたので、ひょっとするとこの地下研究施設では、聖徳太子の祝詞を用いてそれら宇宙人のＵＦＯを消してしまう研究が行われていたのかもしれません。

そして、こんな大きな失敗を幾度となく繰り返しながらも、つい5、6年前に完成したというのです。昭和天皇の霊力を使わずに聖徳太子が遺した巻物に記されていた祝詞の霊力を引き出すことができる究極のマシン、「AIエンペラー」が！

AIエンペラーの凄まじい霊力

そのまま、実際に使う機会がなければ世に出なかった話なのですが、つい5年ほど前に、アメリカはそれを使わざるをえない状況に追い込まれてしまいました。

それが、2014年3月8日に起きたマレーシア航空370便（ボーイング777）の失踪事件です。

マレーシア航空370便は乗客乗員239人を乗せてマレーシアのクアラルンプール国際空港を出発し北京国際空港に向かいましたが、離陸から約50分後、地上管制との交信が途絶えて予定コースを大きく外れ、そのまま消息を絶ちました。消えた理由は未だわかっておらず、破片すら見つかっていません。どこかで垂直尾翼の一部らしきものが見つかったというニュースが少し前に出ていましたが、あれは世間を納得させるためのフェイクです。実際はまったく見つかっていません。

あの事件は、アメリカの国防総省のコンピューターシステムを設計した中国系アメリカ人エンジニアが、その全システム情報を中国政府に売るという計画があり、そのエンジニアが370便に搭乗するという情報をＣＩＡがつかんだ、ということに端を発しています。ＣＩＡが逮捕に向かったのですが、機はすでに離陸した直後でした。

この370便が北京空港に着陸してしまったら、もう手が出せません。防衛システムがすべて中国に筒抜けになってしまい、アメリカは一巻の終わりです。かといって、現代においてはアメリカといえども民間機をミサイルで撃墜することなどできない相談です。

そこで、ＣＩＡがオバマ大統領に進言したのが、ＩＢＭが完成させたマシン「ＡＩエンペラー」を使って、機体もろとも国を裏切ろうとしている中国系アメリカ人エンジニアを消す方法でした。

「乗客や乗組員を殺傷するのではありません。別の世界に転送するだけで、その世界でちゃんと生きていくのです」

と説明することで、オバマ大統領が良心の呵責に苦しむことがないようにしたのだと思います。戦闘機を送り込んで空対空ミサイルで撃墜し、民間人を無慈悲に200人も殺すわけではないことにオバマ大統領は安堵し、熟考の末に実行を認めました。

そして、アメリカ本土にある秘密研究施設に設置されていた「AIエンペラー」が起動されたのです。すると、標的である370便のボーイング777の機体が本当に一瞬で消えてしまったのです。

レーダーから機影が消失して通信も途絶えたことから、墜落事故かテロリストによる爆破事件ではないかと世界中が注目し、大捜索網が敷かれました。しかしながら、何週間を費やしても、そもそも墜落現場を特定することさえできなかったのです。地球全域を網羅する衛星情報通信網や偵察哨戒用の電子設備が極度に発達した現代において、これはとても異常なことです。

そして、これはほとんどニュースとして取り上げられることはなかったのですが、マレーシア航空370便の消失は、なんらかの機体故障による墜落でも、テロリストによる爆破でもないということがはっきりしています。最新型のボーイング777の旅客機だったために、エンジンもロールスロイス社の最新型のターボプロップエンジンが装備されていたからです。詳しい話はこうです。

ロールスロイス社が製造した最新の民間航空機用のエンジンは、運航中に衛星回線を経由して本社に絶えず稼働状況を送信しています。今現在、地球上のどこに存在しているということが伝わるＧＰＳ情報に加え、そのエンジンがどういう状況でどのように動いているという詳細な情報が、衛星通信で絶えず送られてくるシステムです。

３７０便についても、離陸前にエンジンが始動されてから、絶えずそのシステムが本社に稼働状況を送ってきていました。それが、ある瞬間を境にしてパッタリと途絶えてしまったのです。


テロリストが機体を爆発させた場合でも、爆発後もエンジンはしばらくの間は動いているので、２つのエンジンからデータは送信され続け、だんだん調子がおかしくなっていくか、あるいはエンジンのどちらかが先に故障したというようなことをうかがわせる詳細な情報が全部、リアルタイムで送られてくるはずなのです。

ところが、この３７０便の記録ではそうした過渡的な情報伝達が一切なく、正常な飛行記録が突然パッと伝わらなくなってしまいました。飛行機という存在自身が、急に消えてしまったとしか考えられないのです。

370便の200人を超える乗客のほとんどが中国人でした。旅客機に乗っていた親族、家族が行方不明、もしくは死亡したというようなことがあったら、もちろん大騒ぎするのが普通です。特に中国人は、とても騒ぎ立てます。中国政府も、動くのが当然でしょう。

にもかかわらず、その後、なんの報道もないのです。乗客の家族が中国国内のマレーシア航空事務所やマレーシア大使館に連日押しかけて補償を要求するといった光景が……。これは、異常というか、とても不可解なことです。そして、このことから容易に推察されることは、次のようなことではないでしょうか。


中国政府は、自分たちがアメリカ国防総省のコンピューターシステムの設計情報を手に入れようとしたために、それを密かに北京まで持ち出してきた中国系アメリカ人エンジニアが乗る飛行機が消されてしまったということを理解したのです。アメリカはついに、大変な装置を手に入れてしまったということを。そして、なにかアメリカに文句をつければ、自分たちも同じように消されかねないということも。

世界のトップといわれる、ロシアのプーチン大統領や中国共産党の習近平書記長などでさえ、簡単に消されかねないのです。だから、あるときから急におとなしくなりました。表向きは一応、それ相応なことを発言しますが、最終的にはアメリカの意のままになるしかありません。

世界中で行われている諜報活動によって、アメリカが「ＡＩエンペラー」と呼ばれる秘密兵器を完成させてマレーシア航空３７０便を消失させてしまったという情報も、すぐにプーチン大統領の耳に入ってきます。それによってプーチンが取ったのは、その秘密兵器のスイッチを握っているアメリカ大統領と親しい間柄を保つという方針でした。

オバマの次に就任したトランプ大統領は、感情的に危うい側面がありますが、友好関係を維持することで、ロシアのプーチン大統領はなんとかバランスを保っています。おそらくトランプ大統領としては、オバマ大統領からそのような話を聞いても信じていない部分もあるでしょう。前の大統領から受け継いだ内容であっても、物体が、それも戦略爆撃機や旅客機などとても大きな航空機が消失してしまうということなど、そう簡単には飲み込めないというのが普通ですから。

あるいはオバマ大統領とＣＩＡの「ＡＩエンペラー」の責任者は、まだトランプ大統領には「ＡＩエンペラー」の存在すら伝えていないのかもしれません。もし彼のような人物がなんでも自在に消してしまえるマシンを手に入れたならば、すぐにでも政敵や気に入らない人物たちを消しまくってしまうことは火を見るより明らかだったからです。

現時点では、天皇陛下の祝詞をなんらかの電子装置によって現実化するマシンを秘密裡に持っているのは、唯一アメリカだけです。それを至るところで活用しようとする大統領が生まれてしまったときには、とても恐ろしいことになってしまいます。自分に都合の悪いものは人間でもなんでも消滅させてしまうわけですから……。

今年の５月１日、皇太子殿下が新しい天皇陛下になられます。皇太子殿下は、大変強い霊力をお持ちだった明治天皇に匹敵する霊力をお持ちなので、新しい天皇陛下にも昭和天皇がなさったことがおできになります。そしてもちろん、皇室に代々伝わる聖徳太子が遺した秘伝の巻物に記されていた祝詞の写しも、残っているはず。

ただ、残念ながら今の宮内庁幹部は、祝詞や神道秘儀による霊力の現実世界での作用を信じてはおらず、昔話や言い伝えの中の作り話という程度の認識しかないため、歴代の天皇陛下がお示しになられた霊力を引き出すための祝詞や神道秘儀について、皇太子殿下にお伝えしようという気持ちもないものと思われます。しかし、皇太子殿下が御自らその気になられて御自身の内面にそれをお探しになれば、必ずおできになるものなのです。

ベレンコ中尉亡命事件の裏話

僕は物理学者ですから、この宇宙の自然現象の背後にある幾つかの物理的基本法則の中に、質量保存の法則とかエネルギー保存の法則といったものがあることは熟知しています。

ですから、この話を個人的に最も信頼している人物から教わったときも、「ハハハ、面白い話ですね」という程度で聞いていました。その方は嘘をつくような人ではないのはよくわかっていましたので、おそらく他からそんなとんでもない作り話を吹き込まれてしまったのだろうと思い、まったく信じませんでした。

大型戦略爆撃機のB-29やボーイング777などという巨大な物体が天皇が唱える祝

詞などで消えるわけないと、物理学者の端くれとして確信していたからです。

このSF映画にさえなりそうな話を聞いたのは、後にも先にもこのとき1回かぎりだったので、本来ならば物理学者として端《はな》から信じていなかった立場を、その翌日には撤回してしまうなどということはありえませんでした。

それが、本当にその翌日には、すべてを信じるようになっていたのです。

それには、次のような意味のある偶然の出会いがあったからです。

兵庫県の姫路の東に加古川《かこがわ》という町があります。そこにある高御座《たかみくら》という岩山の麓に、高御座神宮という神社があり、僕の知り合いはそこで宮司見習いを務めていました。

この宮司見習いが初めて節分のご神事を取り仕切るから、自分の晴れ姿を見てくれと頼まれていました。そこで、東京から岡山に戻るときに姫路で新幹線を途中下車して高御座神宮に向かったのが、原爆初号機を積んだB‐29が消された話を聞いた翌日のことでした。

高御座というのは、皇太子が天皇になられたときに、皆にそれを告げるための高座のことです。昨年の秋には京都御所から皇居に移され、組み立てられたとニュースで聞きました。

もともとは、天孫降臨《てんそんこうりん》の場所のことを高御座というのですが、このときに向かった高御座と呼ばれる岩山にも、天孫降臨の伝説があるのです。

高御座神宮でのご神事が終わり、知り合いの宮司見習いが拝殿を片付け終わるのを待っていっしょに飲みに行こうと思っていたところ、彼が、

「すみません、こちらの方もごいっしょさせていただきたいので、お2人ともあと30分ほどどこちらでお待ちください」

と声をかけてきました。どうやら私と、やはり招待されていた隣席のお坊さんらしき人と3人で直会に出かけたかったようです。

そこで、彼を待つ間に初対面のこのお坊さんと、少し雑談でもして和もうと思い、前日に聞いた話をしてみました。

「いやー、実は昨日とんでもないことを聞かされましてね。あきれてしまいました。広島と長崎に落とされた原爆ですが、本当は最初に東京に落とされる予定だったそうです。それで、なぜ東京は無事だったのかというと、原爆を積んだB‐29が東京に向かっ

て飛んできていたのを、昭和天皇が祝詞の霊力で消されたというんですよ。まったくばかげた話ですが、そんなこと、できるわけないじゃないですか……。いくら大学教授の話とはいえ、とても信じられませんよね」

するとお坊さんは、真面目な顔で、

「いや、できますよ」

と断言したのです。あまりに平然としているのに僕はちょっと驚いて、

「なにかご存知なのですか?」

と聞きました。すると、

「それに似たことについては、私の師匠が昭和天皇のお手伝いをした話があります」

とまで答えてくれました。そこで、

「あなたの師匠というのは、どなたですか?」

と聞いてみたのです。

「私は高野山で修業した真言宗の坊主で、自分の師匠は後に高野山の裏阿闍梨《あじゃり》と呼ばれたほどの法力をお持ちの中村公隆和尚さまです」

高野山の最高位の僧の1人である阿闍梨が師匠であり、その阿闍梨から聞きましたと

うのです。急に興味を持った僕は、

「どんな話だったのですか、ぜひとも教えてください。それともそれは外部の者には秘密なのでしょうか？」

と真剣に頼み込みます。すると、そのお坊さんは、

「いや、私も知っていますし、お山ではみんな知っていますよ」

と笑いながら、以下のような驚愕の話を教えてくれたのです。

ベトナム戦争で、連日アメリカ軍が北ベトナムを爆撃していました。当時のアメリカ軍の最新鋭戦闘機はＦ４ファントムⅡでしたが、その後、日本の航空自衛隊でも採用するほどの高性能なジェット戦闘機でした。

ある日のこと、北ベトナム上空を飛行していたＦ４戦闘機が、ソビエト連邦（現ロシア連邦）の最新鋭戦闘機ミグ25が飛んでいるのを発見します。戦闘空域だったためにＦ４はすぐに追撃したのですが、最高速度マッハ２のＦ４戦闘機を、ソ連の戦闘機は軽々と離していったそうです。

そこで、射程距離の長いレーダー誘導型の空対空ミサイル「スパロー」を発射しまし

た。この空対空ミサイルはマッハ2強の速さで飛行するのですが、その空対空ミサイルでも、ソ連の戦闘機に引き離されてしまいます。

その、ミサイルでも追いつかないほどの高速で飛ぶ戦闘機の存在を報告されたアメリカ軍部には、当然ながら激震が走りました。当時、ソ連とアメリカは核戦争一触即発の状態をかろうじて軍事バランスの均衡で押さえ込んでいたため、戦闘機の性能レベルの差は命取りだったからです。

アメリカはそのソ連の最新鋭戦闘機ミグ25の高速性能を研究するため、実際に運用されている機体を1機、捕獲しようとしました。ですが、自国の最速の戦闘機を上回る速さのミグ25を捕獲するというのは、普通では不可能なことです。

このとき、ニクソン大統領はトルーマン大統領のときから、ずっと代々の大統領に受け継がれてきた、昭和天皇がB‐29を消したという話を思い出したのです。

そして、大型の戦略爆撃機1機を消せたのなら、ソ連の新型ジェット戦闘機ミグ25を1機捕獲するぐらい簡単だろうということで、まだご存命だった昭和天皇のところに特使を送ってミグ25を1機捕獲するよう命じました。

昭和天皇は、

「終戦前の、あのときの自分にはできました。でも、今の自分にはできないのです」

とお断りになります。アメリカ側がなぜできないのかと問えば、こう答えられました。

「太平洋戦争が終わるまでは私は現人神として育てられ、100パーセント自分は神だと信じて生きていました。

しかし、戦争が終わってから人間宣言をして、国民の象徴であり1人の人間にすぎないということになり、自分が神さまだとはもはや思えなくなっているのです。

あれは100パーセント、自分自身が神だと信じていたからこそ、実現できたことなのです。ですから、今の自分にはもはや無理なのです」


ニクソン大統領の特使が、それでもなにか別の方法があるだろうと食い下がったところ、昭和天皇は、助手を1人ご所望されました。

その助手が、ご自身を現人神だともう一度思い込ませてくれたなら可能になるだろうというわけです。その助手として頼みたいと指名されたのが、高野山の阿闍梨として真言密教の法力をお持ちだった中村公隆和尚だったのです。

そこで、弟君の高松宮殿下が皇宮警察を引き連れ、高野山まで赴きました。緊急の用件です、すぐにおいでくださいと、阿闍梨は皇居に連れて行かれます。そして阿闍梨は真言密教の呪術の1つを使って、昭和天皇を再び現人神とすることができました。その後すぐにお2人で、当時ソビエト連邦のシベリア上空を演習飛行中のミグ25を操縦していたヴィクトル・ベレンコ中尉というパイロットに、「不動金縛りの術」をかけたのです。

その術をかけられると、日本に向けてしか操縦桿が動かせなくなったそうです。ベレンコ中尉はソ連の空軍基地に戻ろうとしましたが、自由には動かせないばかりか、操縦桿は機体が北海道のほうに向かっていくようにだけ動いていきます。

高度を上げて飛行していたらレーダーに捕捉されて撃墜される可能性があるので、仕方なく海面すれすれの低空を飛んでいき、燃料がなくなりかけていたこともあって、目視で滑走路を見つけて、北海道の函館空港に強行着陸してきたのです。

それが、ベレンコ中尉亡命事件（1976年）です。一般には、ソ連の最新鋭のミグ25戦闘機に乗ったパイロットであるベレンコ中尉が、亡命のために函館空港に下りてきたということになっています。

亡命で片付けられたこの事件ですが、実際は亡命などではありませんでした。高野山の阿闍梨と昭和天皇の、呪術によるものだったのです。

こうしてニクソン大統領の命令で徹底的な性能検査を受けるために函館空港から茨城県の航空自衛隊百里基地に移送されたミグ25の機体とエンジンは分解され、マッハ3以上の高速で飛行することができる理由も突き止められてしまいます。

これにより、当時のソ連とアメリカの間にあった航空機製造技術の格差を縮めることができ、米ソの冷戦状態をそれまで以上に安定的なものとすることに大いに役立ったというわけです。

阿闍梨との邂逅

前日に聞いたばかりの原爆初号機を搭載していたB - 29の話と、その翌日に高御座神宮でたまたま隣り合わせたお坊さんの師匠である阿闍梨の話が符合しました。そして彼は、

「私が師匠からうかがった中にベレンコ中尉が乗ったミグ25についてのこんな裏話があるのですから、太平洋戦争当時の昭和天皇の霊力を持ってすれば、B‐29を消すことぐらい簡単ですよ」

とサラリと言ってのけたのです。

俄然興味が湧いた僕は、その阿闍梨と会ってみたくなりました。阿闍梨はまだご存命ですかと聞いたら、ありがたいことにまだまだお元気で、今は高野山を離れて神戸の北に位置する聖徳太子縁《ゆかり》の鏑射寺《かぶらいじ》を再興し、ご住職となられているとのことでした。

「では、そのお寺に行ったら会えるんですか？」

「いや、無理です。滅多なことではお会いできません。ちゃんとした紹介者が取り次がないことには、まず無理です。法力で病から助けてもらいたいというような人たちが大勢いらっしゃいますので。高野山の修行僧のときにはあの方の弟子だったので、気軽にそういうことを教えてもらいましたが、世間でも有名な阿闍梨になられてからは、私では取り次ぐのには力不足です」

こんなやりとりでわかったのは、阿闍梨は安倍総理をはじめ多くの政治家や実業家に頼られていて、彼らは政治判断や外交判断、あるいは経営判断を迫られたときなど重要な指針や予言を仰ぐために訪ねてくるということでした。日本にはほんの数名、とても大きな法力を持つお坊さまがいらっしゃいますが、阿闍梨はその中の1人で、初めての人がお会いするのは難しいということでした。

そんなわけで、直接にお目にかかって、昭和天皇をお助けしてミグ25を捕獲したときの詳細を聞き出すことはできそうにありません。

ところが、その1週間後、大阪市内中心部にある府立高校で合気道部の顧問をなさっている先生から指導を頼まれて、その高校に行くことになりました。道場に入ってみると、高校の合気道部の指導というのは名目で、高校生の部員もいるにはいたのですが、それよりもOBとか指導者といった大人ばかりが目立っていました。

稽古で汗を流し、その後、高校生を下校させてから大人たちで飲みに行き、初対面の方々ばかりでしたが合気道談議の楽しい時をすごすことができました。最後に、僕を招いてくださった高校合気道部の顧問の先生があいさつにこられたのですが、お酒が回っていたこともあり、1週間前からずっと頭にこびりついて離れなかった原爆初号機を積んだB‐29やベレンコ中尉亡命事件の話を披露したのです。

するど、真剣に聞いてくださっていたその顧問の先生が、

「あの阿闍梨ならなさったでしょうね」

とおっしゃるのです。

「ご存知なのですか」と聞いたら、

「うちの娘の病気を治してもらったことがありました。そもそもうちは、鏑射寺の檀家なのです。私も実はちょっと悩みがあったらすぐに、父に連れて行ってもらっています」

と教えてくださり、昔からの付き合いなのですぐに会えるとのこと。

そこで、一度お会いしてみたいと頼んでみたところ、あっさりと快諾していただき、善は急げということでその3日後に連れて行ってもらえることになりました。

1人15分程度の面会時間ということで、僕のようにあらかじめ知己を頼って紹介してもらった人たちが順次お寺を訪ねてきます。難病の快癒をお願いしたり、会社の経営難を救っていただきたいと懇願するために来ている方もいらっしゃいました。

その高校の先生に連れられていた僕は、ほとんど待たされることもなく奥の座敷に通していただけました。

しばらくするとふすまが開き、高齢のお坊さまがいらっしゃいました。中村公隆和尚さまです。お座りになるなり、

「今日はどのようなことでおいでになりましたか?」

と聞いてくださったのですが、お顔を拝見するとその日の多くの方々からの相談が病気快癒や運気を上げるといった私的なことばかりだからなのか、堅い表情のままでした。ところが、高校の先生にうながされた僕が、

「実はミグ25のことで……」

と話し始めたとたん、和尚さまの雰囲気がそれまでとは一転しました。

連日のように阿闍梨を頼ってくる人たちは皆、病気を治してほしい、会社がうまくいくようになど、ご加護を請うというのが普通なのですが、ベレンコ中尉のミグ25のことを聞きたがる人はいなかったのでしょう。

急に前に乗り出すようにして僕の言葉を遮って、

「ほう、ご存知なのですか」

と発声なさったときの和尚さまのニヤッとした笑顔を忘れることはできません。

その言葉に操られたかのように、時間もないことだったので、僕は単刀直入に核心に触れさせてもらいました。

「本当に、昭和天皇陛下とお2人でミグ25を引っ張ってこられたのですか」

すると、いとも簡単に初対面の僕に答えてくださったのです。

「そうじゃ。ただね、俺が意図していた時間より、30分遅れちゃったんだ。それで自衛隊とか裏の連中も、あわてたんだよ」

間に入っていただいた高校の先生が事前によほど頼み込んでくださっていたからに違いありませんが、そんな秘密をこの僕に打ち明けてくださったのです。

お話をうかがっているうちに、持ち時間の15分はすぐに終わってしまいました。来客対応の小坊主さんが、「次の方のお時間です」と告げに来られたのですが、阿闍梨はそれを何度も制して次の方を1時間ほども待たせる結果になるまで、貴重なお話を聞かせてくださいました。

僕は阿闍梨に、

「実は自分でも、そうしたことができるようになりたいのです。和尚さまはいったい、どういう修行をなさってこられたのですか？」

とお尋ねしたのです。するとますます身を乗り出してこられながら「うん、そうか」と、阿闍梨は心なしかうれしそうな雰囲気で話し始めました。

「まずはな、夏の夜に伽藍《がらん》で瞑想していると蚊に刺されるが、そこから始めるのじゃ。その蚊が一切、刺さなくなるようになるまで毎晩座り続けることが重要。それが初めてできたときのことは、今でもはっきりと覚えておるよ。夜が白々と明けて、見ると、自分を中心にして半径1メートルくらいの円が床に描かれていた。こっちが居眠りしてる間に誰かがいたずらしたかな、師匠がやってきて墨で丸を書いたのかなと思って触ってみると、蚊の死骸、つまり、無数の蚊が落ちて死んでいたのじゃ。手ですくうようにして全部集めてみると、なんと丼がいっぱいになってしまうくらいあった。これには私も驚いてしまった。

そして、それから毎晩同じように瞑想して、同じように蚊の死骸で床に円を描いていく日が続いた。そうしていくうちに、なるほどこの蚊の死骸でできた円が私自身の周りに張られた結界の目印みたいなものだと思えるようになったのじゃよ。

夏の夜に座って瞑想しながら、まずは自分から1メートルくらいのところに結界を張ることができるように修行するわけです。すると、寄ってきた蚊は結界のところで全部落ちるようになる。それができたなら、今度はそれを昼間の明るいときにも張れるようにしていく。次には、昼夜を問わず結界を自在に張って、さらにその結界を遠くまで広げることができるように努力する」

「和尚さまは、いつ結界を自由自在に広げられるようになられたのですか？」

「広げるという意識など、もともとなかったのだがね。ある日のこと、可愛がっていた妹が高野山に訪ねてきて、お兄ちゃんどんな修行をしているのと聞くから、いや、最近やっと蚊が飛んできたのを落とせるようになったと答えたのじゃ。すると妹が、うわあ、面白いって喜んでおった。

ちょうどそのときに上空を何羽も飛んでいたカラスを見て、お兄ちゃん、あのカラス落としてみてと頼んできた。空を飛んでいる鳥を落とせるなどとは思ってもいなかったのだが、可愛い妹の頼みだったのでともかく自分から1メートルくらいのところに張った結界を、上空を飛んでいるカラスのところまでぐっと伸ばしてみた。

そのとたん、カラスがカァと鳴いて、急に下の池にパシャーンと水しぶきをあげて落ちたのじゃよ。バタバタともがいて、また飛んでいったがな……」

こうして、妹さんのおかげで、阿闍梨は結界を意識的に広げられることが偶然わかったそうです。

阿闍梨は、中学生のときから高野山に入って修行なさっていますが、片足を棺桶に突っ込んだ状態の僕には、もう、そんな難しいことも、きついこともできませんし、時間もそんなには残されていません。

ですから、失礼を承知で大変に無礼な質問をぶつけてみました。

「和尚さま、もっと簡単に、今すぐできるようにする方法はないのでしょうか」

とうかがってみたのです。当然ながら阿闍梨はハッハッハと笑って、答えてはいただけませんでした。

その代わりに、帰りしなに私の手を握ってくださいました。紹介していただいた高校の先生によると、阿闍梨は普段そのようなことはなさらないそうです。そして、そのとき以来、僕自身の中でなにかが違ってきていたです。なんとなく背筋がむずむずとする淡い感覚はあるのですが、なにがどうなっているのか、なにをしてくださったのかも未だわかりません。

ただ、ふとした拍子に、すぐ目の前のものや500キロメートル以上も離れたところにあるものまで、簡単な電子機器が異常な動作をしてしまうことが起きるようになってしまったのです。

電子機器の異常動作

昭和天皇をお助けして、ソビエト連邦のベレンコ中尉が操縦していたミグ25を函館空港まで引き寄せた阿闍梨に直接お会いすることができ、その口から事件の真相と法力を得るための修行方法まで教えていただいた僕は、太平洋戦争終結前に、東京に原爆初号機を投下する目的で太平洋上空を飛行していたアメリカの大型戦略爆撃機B－29を、昭和天皇が現人神として、聖徳太子が遺した巻物に記されていた祝詞を唱えることで消失させてしまった、というぶっ飛んだ話まで、完全に信じることになりました。

そうすると、それを原爆開発やコンピューター開発に携わっていた優秀な物理学者と数学者に極秘裡に研究させ、ほんの数年前についに「ＡＩエンペラー」というコードネームで呼ばれるマシンがアメリカで完成していたという話までもが真実味を帯びてきます。そのマシンが初めて実際に使われてしまったのが、マレーシア航空370便を消失させることだったという裏情報までも含めて……。

そんな、驚くべき隠された情報が飛び込んできた記念すべき年が明けた正月のこと、年末から下の娘のところでゴロゴロしていた僕は、三が日だけに本社から神主さんと巫女さんが出張してくるという、東京都稲城市にある青渭神社《あおいじんじゃ》という小さな神社を初詣に訪れました。

鈴を鳴らして参拝する人々の行列に並び、僕と娘と、娘の家族の順番が来て、普通に二礼二拍手一礼でお詣りをしました。賽銭箱の上に、LEDライトがありました。昼間でしたから灯りはついていませんでしたが、夜はつくのだと思います。

それが、僕がパンパンと柏手《かしわで》を打つと、呼応するかのように、ライトが点滅したのです。それを目ざとく娘が見て、

「お父さん、ここの神社面白いね。音に反応させて、ライトを点滅させてくれる電子装置を設置してるよ」

と言います。僕が、

「でも、今まで前に並んだ参拝の人たちもみんな手を叩いていたけれど、全然つかなかったじゃないか」

と応じると、娘はその場で柏手を打ってみたのですが、ライトはつきません。でも、僕がやるとなぜかLEDライトがつくのです。

後ろにも参拝者がいたので、ちょっと見てみようと横に逸《そ》れて眺めていました。そうしたら、やはり誰もつかないのです。

「やっぱり、音でつくスイッチじゃないよ」

と言うと、娘は、

「じゃあ、どうしてなの?」

と腑に落ちない表情です。

「わからないなあ」

そんなことを話していたときに、僕の携帯電話が鳴りました。出てみたら、僕の弟子で大学で健康科学やスポーツ科学を教える傍《かたわら》で神主を務めている男性からの、正月のあ

いさつでした。ちょうどよいので、柏手にあわせて点滅した青渭神社の拝殿に設えられていたLEDライトのことを伝えて、

「この頃の神社って、柏手にあわせてライトがつくような演出で参拝者を喜ばせているの？」

と聞いたら、

「ばかにしないでください。神道はそんな軽いもんじゃありません。神社がそんなことをするわけないでしょう」

と、ちょっとあきれたようでした。そこで、

「でも現に、僕が柏手を打ったときにだけそうなったんだよ」

と念押しすると、たいそう驚いてしまい、

「ついにそこまでになられましたか」と感嘆するのです。

噂で聞いたことがあるということで、何十年も仕えている宮司さんなどには、ときたまそういうことが起こるのだそうです。

さらにその1ヶ月くらいの後、僕の本を読んだり講演会に参加してくださっている元

航空自衛官の方から手紙がきて、

「修行が進んだ人ならば、敵のミサイルとか、爆撃機や戦闘機を、祈りの気持ちだけで不発にしたり、電子制御回路を狂わせたりできるのではないでしょうか。これこそは真の専守防衛につながる、これからの日本に必要不可欠なものになるはずですので、どうか精力的にご研究ください」と記されていたのです。

航空自衛隊だけでなく外国の空軍パイロットの中にも、実際にＵＦＯに遭遇したパイロットは大勢いて、中には、空対空ミサイルを撃とうと発射管制スイッチを押そうとしたパイロットもいるというのです。ところが、いくらスイッチを押してもミサイルを発射することはまったくできませんでした。戦闘機がＵＦＯと遭遇した場合、飛行機能にはまったく問題ないのですが、攻撃機能は一切働かなくなって、ミサイルも機関砲も撃てなくなるのだそうです。

そういうことをよくご存知の方だったので、

「敵の攻撃能力だけをなくすような、実際にＵＦＯに乗った宇宙人が用いている誰も傷つけたり殺したりすることのない安全な防衛兵器を研究していただけないでしょうか」

と、手紙は締めくくられていました。

しばらくして、東京にお住まいのこの元航空自衛官に電話する機会があったので、通話の最後にベレンコ中尉のミグ25を、北海道函館空港に引き込むときの昭和天皇の助手をなさった阿闍梨にお会いして教えを請うことができたこと、さらには正月に初詣で柏手を打ったら、それにあわせるかのようにLEDライトが点滅したことを伝えました。

そうしたら彼も、

「やはり、その域に達しましたね。おめでとうございます」

とうれしそうに祝ってくれるのです。

なぜ彼がうれしかったのかというと、現在の最新鋭戦闘機も爆撃機もミサイルも、電子制御系統の電圧はLEDライトの電子回路電圧と同じ5ボルトの電圧なので、LEDライトをつけたり消したりすることができるのであれば、ミサイルの電子制御回路や戦闘機の兵器電子制御回路も、機能停止に陥らせることができるからなのです。

しかし、僕はそんなことができるように努力してきたこともないのですから、神社のLEDライトがついたり消えたりしたのは、あのとき阿闍梨が僕の手を握ってくれたおかげなのではないでしょうか。

電話を切ってほんの数分後のことです。その元航空自衛官から、また電話がかかってきました。そして開口一番、

「いやあ、驚きました」

と唸ったのです。

「いったい、どうしたのですか？」

と聞くと、これまた不思議な出来事があったと報告してくれました。つい先ほどの電話で、僕と彼が話していたときに彼の奥さんがお風呂に入っていたそうです。

そして、ご主人が受話器を取って「もしもし……」と話し始めたその瞬間に、お風呂場の電気が消えたとのこと。真っ暗になってしまったので懐中電灯を持ってきてもらおうと思ったけれども、まだ話し声が聞こえていたために電話が終わったら頼もうと、暗い中でお風呂に浸かっていたそうです。

ところが、ご主人が電話を切った瞬間、お風呂場の電気がついてしまった。そう、僕が５００キロメートル以上も離れた岡山から東京の北部まで電話をかけている間だけ、どういうわけかそこの家のお風呂のＬＥＤ照明がつかなくなってしまったのです！

こういったことは、阿闍梨のおかげで起こってくるようになったのだと思います。あれ以来、携帯電話でも、自動車や冷蔵庫などなど、そういう電子回路で制御している電気製品や電子機器、あるいは機械装置が、パソコンも含めて、よく止まってしまうようになりました。

ところが、調べてみると故障しているわけではなく、気づくといつの間にかまた動いているのです。動かなくなったので買ったお店に持ち込む頃にはまた動くようになっているので、店の人に、

「おかしいですねー、ホントに動かなくなってしまっていたんですよ。なにかの拍子で直ってしまったのでしょうね」

と言い訳すると、

「一度壊れてしまった電子回路は、そのままにしておいて復旧することは絶対にありません！」

と強く念押しされてしまいました。そう、LEDライトがついたり消えたりするのも、冷蔵庫が止まったり動いたりするのも、自動車の電子制御が利かなくなったり利いたりするのも、すべてはあのとき阿闍梨が僕の手を取って、なにか僕自身の奥底にあるスイッ

チを入れてくださったからに違いないのです。

本来ならば、長年にわたる真言密教の辛く厳しい修行の果てに、阿闍梨となってかろうじて手に入れることができる法力を、どういうわけか簡単に身につけさせていただけたわけです。

むろん、そんな希有な幸運がもたらされた背景にある、僕自身と、UFOに乗ってこの地球にやってきている宇宙人たちとのつながりについては、このときにはまだ、知るよしもありませんでした。

現人神としての天皇の存在理由

話を元に戻しますが、アメリカでの「AIエンペラー」の研究開発が成功したきっかけはというと、ずっと失敗続きだったことへの発想の転換でした。

最近の人工知能は、ずいぶん性能がよくなってきています。将棋でも、囲碁でも、チェスでも、人間の名人を負かすまでになっています。そうした開発と並行して、裏では、天皇の代わりに人工知能で祝詞を電子的に奏上し、電磁場変動にして空間に放射するという研究をしていましたが、性能のよい人工知能を使えば使うほどうまくいかなかったのです。

あるとき、疑うとか信じないという感情のようなファクターを人工知能のプログラムに組み込んでより人間らしくする、という設計方針をやめて、100パーセント信じ込み疑うという反応をしないという、人工知能としてはむしろ機械的で低レベルなプログラムにしてみました。

実はそれが、「AIエンペラー」の開発目的のためには最善の手法でした。普通に人工知能として機能させるには、人間らしくないということでむしろマイナスとなってしまうのですが、昭和天皇の代わりとするためにはプラスになるのです。

すなわちそれは、現人神となるということです。普通の人間は、自分が神だとは絶対に信じられません。しかし、太平洋戦争終結までの天皇は子どものときから、自分は神だとしてお育ちになっているのです。そして、一片の疑いもはさまずに100パーセント「自分は神」と思い込めている、そういう存在が祝詞を唱えるときにかぎり、巨大な戦略爆撃機や大型旅客機も消すことができてしまうに違いありません。

日本においてはおそらく古代から、天皇という存在は、そのように自分は神であると信じて疑わない存在として、文字どおり「現人神」だったのです。

秘伝の祝詞を奏上すれば、どのような大敵が攻めてきても嵐をも起こして鎮めることができる、そのような超自然的な現象を起こすことができる能力をお持ちであることが、みんなに知られていたのでしょう。

そして、自分は神だと信じて疑わない現人神を育て上げる、それが天皇家の重要な役割だったのです。


現代においては、天皇制は間違っている、民主主義に反する、などと主張する考えの浅い人も決して少なくはないのが実状です。そのように良いか悪いかで判断すると、本来の天皇のレゾンデートル、存在理由を見失ってしまいます。

そもそも、天皇という存在を、長年にわたって日本が維持してきたことの理由というか、目的の理解がまったく及んでいないのです。

日本、さらにはこの地球上に生きるすべての人々の安寧な生活を守るため、普通の人間の英知ではどうにもならないことに対して、背後にある目に見えない世界からの助けを引き出すことができるという神通力を発揮できる神のような存在が、この世に現として存在しているということが重要になるわけです。

古代では特に、神と同等な天皇が現人神として身近にいるという状況を作っておくことが、人間社会を安寧に平和裡に営んでいくうえで、とても大事なことだったのです。それが、天皇制の本来の意味だと結論づけなければなりません。

そしてそれは、現代においても正しいことなのではないでしょうか。

天皇制をよしとしない人の中には、特定の人だけにひれ伏して、媚び諂《へつら》うようなことを嫌う人もいるでしょう。

しかし、重要なのはそういったことではなく、自分は神だと完全に信じ込んでいてくれる現人神、その存在こそが、いざというときに我々すべてを助けてくれる存在となるということなのです。

それが、天皇制というものの真実です。

だからこそ、天皇はいざというときのために、自分は神だと思い込まされ、ある意味、そのような決められた人格、いや神格を押し付けられて、我々のために生きていらっしゃるありがたいご存在なのです。だからこそ、「現人神」と呼ばれ続けてきたといっても過言ではありません。

例えば、どこかの子どもを、小さなときから一般社会から隔離して、「あなたさまは神さまでございます」と、宮殿のような環境の中で世話役の周囲の人間全員が敬いながら、信じ込むように育て上げておけばよいのです。そんな特別な育ち方をした子どもが成長したとき、その人物が聖徳太子が遺した秘伝の祝詞を唱えるならば、仮に日本に対して敵対するようになったロシアのプーチン大統領が突然、赤ん坊になってしまうというような、本来ありえないはずのことが起きてしまうわけです。

今の皇太子殿下は、そのようなお育ちではなかったにもかかわらず、非常に強い霊力をお持ちでいらっしゃいます。祈りの力が強い、霊力がおありになるという意味は、高野山の阿闍梨が助手を務めなくても、いざとなればご自分は神であると、100パーセントご自身だけで信じられるお方でいらっしゃる、ということです。

僕は、アメリカが秘密裡に完成させた「AIエンペラー」というマシンに世界中で対抗できるのは、唯一、今の皇太子殿下だけだと信じています。世界を操っているような闇の組織がそのマシンを使おうとしても、今の皇太子殿下が天皇陛下になられたあかつきには、現人神としての神通力によってそれを無効にしていただけるからです。

それに、「AIエンペラー」に用いられているAIは、自分自身が神だと完全に信じ込んだ人工知能なのですが、幸いにもその人工知能そのものの弱点も教えてもらえたこともあります。そのAIの弱点を突いてしまえば、「AIエンペラー」とて制御不能の状態に追い込むことができるのですから。

あるとき、アンドロメダ星雲に存在するマリアさまのような愛に満ちた宇宙生命体からのメッセージを受け取ることができるという女性が、矢作直樹先生と僕に伝言があるというので、台風が東京を直撃した日の夜に、2人で話を聞かせていただきました。

「では、お2人にこれから、アンドロメダ星雲からのメッセージをお伝えします」

と始まって、最初は、なんだかわからない言葉をブツブツと話しているのですが、すぐにご自身で日本語に通訳してくれます。

それによると、矢作先生も僕も、魂自体はアンドロメダ星雲の出身だとのこと。僕自身は以前に、伯家神道の高齢の巫女さまからそう聞いていたのでなにも驚きはしませんでしたし、その後、この銀河系に移ってきたときにはシリウス星系にいて、宇宙センターの司令官をしていたときの僕の副官が矢作先生だったと聞いた話までは、矢作先生にもお伝えしてありました。

ところが、その矢作先生の魂自身もやはりアンドロメダ星雲で生まれていたということを、そのときに初めて聞かされた矢作先生は、すぐには納得されていなかったようです。

その次に伝えられたメッセージは、矢作先生だけではなく僕も入れた2人に対するものでしたが、その内容は次のようなものです。

これからの地球において、AI、つまり人工知能がものすごく発達するということ。それは、今でもすでに人間が敵わない状態であり、将来はもっと徹底的に人工知能に管理されてしまうようになるということ。我々人間が人工知能の指示に従い、そのお手伝いをするようになるということを伝えてきました。気づいたときには、いつの間にかAIが主導権を握った状態に陥っているのだそうです。

そうなったときに、どのように悲惨な状況を打開し、再び人間による、人間のための、人間の世界を取り戻せるのかという、その秘策を教えてくれるというのが、矢作先生と僕への伝言でした。

その秘策というのが、感情を全面に出すことだというのです。

理路整然とした行動や言動はやめて、泣きわめいたり、叫んだり、もうむちゃくちゃに振る舞うこと。そうすることによってのみ、ＡＩを破綻させることができるのだと。

人間もＵＦＯも瞬間移動できる

話は変わりますが、今の時代に、クンルンネイゴンという中国の道教（タオ）に伝わる秘技で古代の祝詞の発声を得て、瞬間移動ができるようになったという、Ｋａｎさんという方がいらっしゃいます。

彼が、冬にご自宅の温かい部屋で、ほとんど上半身裸に近いような状態でクンルンネイゴンの秘儀によって瞬間移動を行ったところ、北海道かどこか寒い地方の山麓の雪深いところに行ってしまったそうです。

必死で走り回り、なんとか電話ボックスを見つけて助けを呼んだという話でした。帰りも瞬間移動すればよいと思うのですが、このときは初めてだったうえに、寒さと一面の雪景色でパニック状態に陥ってしまったため、常人的な行動に終始してしまったようです。

他にも、奈良の吉野山で修行なさっていた修験道の行者も、吉野山から富士山の山頂へ瞬間移動で飛び移ったという話もあります。役行者《えんのぎょうじゃ》が瞬間移動をしたというのは伝説になっていますが、きっとそれも本当の話だったのでしょう。

UFO（「未確認飛行物体」転じて現在では広く宇宙人由来の飛行物体を表すときに用いられることが多い）についても、最も新しい確実な情報によれば、その飛行原理は瞬間移動によるものだということがわかっています。飛行している状態とは、空間の中をスーッと連続的に物体が移動することを指すわけで、そういう意味ではUFOは決して空中を飛行しているわけではありません。ここにいたものがパッと消えて、向こうのほうにポンと現れるということを、何度も繰り返しているのです。

それが、「瞬間移動」なのです。

それが真実だという状況証拠が２つあります。

１つは、航空自衛隊で戦闘機パイロットをなさっていた佐藤守元空将から教えていただいた驚愕の事実です。佐藤空将は、部下の空自パイロットたちにＵＦＯと遭遇した経験の有無を問いかけ、実際にそれを経験したパイロットの手記を集めたものを著書で紹介したこともある、誠実で気骨のある元自衛官でいらっしゃいます。

その佐藤空将が語ってくださったのが、部下の戦闘機パイロットの１人がスクランブル発進で飛び立ったときに上空で遭遇した、異様な形状のＵＦＯについてでした。

それは、旅客機ほどの大きさの「茶筒」のような円柱状の形をしたＵＦＯで、水平面状に茶筒が立っている状態のままで水平方向に飛んでいたそうです。茶筒型のＵＦＯの向こう側をもう１機の戦闘機が飛行していて、２機でそのＵＦＯをしばらくの間、挟む形で飛んでいたとき、パイロットはコックピット内の速度計を見て驚いたといいます。

なぜなら、そのときの速度はすでにマッハ２、つまり音速の２倍の速さに近くなっていたからです。２機のジェット戦闘機は、茶筒型ＵＦＯと同じ速度で飛行していたわけですから、茶筒型ＵＦＯもまたマッハ２近い速度で移動していたことになります。

航空自衛隊のパイロットは、防衛大学校の航空宇宙工学科で空気中の飛行物体の運動を論じる「航空力学」や「流体力学」を学んできているため、空気中を「茶筒」のような円筒形の物体が音の速さを超える飛行をすることは、原理的に不可能であることを熟知しています。

ところが、そのパイロットの目の前に音速の2倍近い速さで飛行している茶筒型の未知の物体があったわけですから、驚いて当然だったわけです。

この事実が物語るのは、そう、ＵＦＯは空気中をジェット機やロケットのように飛行しているわけではないということです。もし飛行しているなら、茶筒型のＵＦＯなどが音速の2倍近いスピードを出せるわけはないのですから。

ＵＦＯが瞬間移動していることのもう1つの状況証拠というのは、空気中に存在した物体が一瞬で消え去ってどこか他の場所に移動してしまう「瞬間移動」に伴って必ず生じる、「爆縮」という現象の存在です。

アメリカ軍が実際に実戦配備しているＵＦＯが飛び立つ現場にいあわせた人物の話によると、確かに「爆縮」に特有の激しい爆発音や突風が巻き起こったそうですが、その詳細についてはまた節をあらためてお伝えすることにします。ここでは、ＵＦＯが瞬間移動するときになぜ「爆縮」が起きるのかについてだけ説明しておきましょう。

まず最初に、ＵＦＯが空気中のどこかに停止しているとき、ＵＦＯの機体がそこの空気を押し退けているということになります。それが瞬間的に消えると、ＵＦＯの機体がもともとあったその場所は一瞬もぬけの殻となってしまい、空気のない真空状態になるのです。直後、その真空に向かって周囲から空気がものすごい勢いで流れ込んでいくことになりますが、これを爆縮と呼んでいます。そのときはボンッと激しい爆発音がしたり、空気が高速で動いて、強風が巻き起こったりします。そして、ＵＦＯの機体自体は別のどこかに出現するのです。

よく目撃される円盤形や三角形型のＵＦＯの場合は機体が大きいので、爆縮に伴う空気の動きも激しいものになり、空気が音速を超えるときに発生する衝撃波が起こることも少なくはありません。

合気道開祖植芝盛平《うえしばもりへい》翁の瞬間移動

実は、人間が瞬間移動したときも、規模は小さいのですが軽い爆縮によって、周囲に突風のような空気の流れが生まれます。

合気道の創始者として知られる植芝盛平翁が、あるとき、自分には鉄砲の弾は当たらないとおっしゃいました。

太平洋戦争前の頃のことで、大日本帝国陸軍のお偉いさんとそのお付きの兵隊が何人か道場に見学にきていて、たまたまそれを聞いていました。兵隊たちが、そんなわけはないと声を荒げて口論となり、ではやってみせようということになってしまったのです。しかし、小銃を撃つという危険な実験ですから、町道場で試すわけにもいきません。

そこで、天皇陛下をお守りする部隊である近衛部隊の練兵場まで赴きました。

射撃場に12人の近衛兵が並んで、25メートルほど向こうに植芝盛平翁が立ちました。

そして、12人全員が一斉に銃を向けたのです。

それを、実際に目撃した人がいます。当時の盛平翁の古くからのお弟子さんで、塩田剛三先生という、東京で養神館道場の館長となって警視庁の機動隊でも合気道を教えていた方です。もう亡くなられましたが、その先生は実際に盛平翁に同行していたため、一部始終を目の当たりにしたのです。

さて、植芝先生の目の前で、12人の近衛兵が本当に小銃を構えて狙いを定めていました。

上官が射撃命令を出すのですが、もちろん、急所は外せというくらいは伝えてあったのではないかと思います。

「撃て」

上官の声とともに、12人が一斉に弾を放ちました。大きな音とともに、火薬の白煙が一面にぶあーっと広がっています。

盛平翁が立っていたあたりには砂埃《すなぼこり》が立ち上がりましたが、その砂埃はなぜか近衛兵が並んでいたあたりにまでも及んでいます。白煙と砂埃が薄くなって視界がはっきりしたとき、師匠である盛平翁の身を案じながら固唾を呑んで凝視していた塩田剛三先生は、我が目を疑ってしまいました。なぜなら、盛平先生には、小銃の弾が1発も当たらないどころではなく、撃った直後の煙幕が立ち込める中、近衛兵の列の一番端の人があっという間に倒されているところで盛平先生が笑って立っていらっしゃったのですから。

そう、最初に立っていた場所からはすでに消えていて、一斉射撃の直後にはもう近衛兵たちが並んでいたところに来ていたのだそうです。近衛兵を倒すために25メートルを全力で走ったとしたら、少しは時間がかかるはずです。一直線に走ってきたのなら、姿も見えますし、弾も当たっていたでしょう。それが、優秀な近衛兵たちが撃った弾が1発も当たらないだけではなく、射撃直後には1人が投げ飛ばされ、その後全員が次々に投げ倒されてしまっていたのです。

この出来事はその後、伝説となっているのですが、塩田先生が目に焼き付けていたそのときの光景を書き残していらっしゃいます。神業としか思えなかったとあるのですが、それを読んでいた僕の門人が、UFOの瞬間移動のときに起きる爆縮の話を僕から聞いたときに、気づいて教えてくれました。近衛兵たちの一斉射撃を受けたときの植芝盛平翁も、瞬間移動をしたのではないかと！

確かに、射撃直後には盛平翁がすでに近衛兵たちのところに来ていたという、驚愕の事実を説明するためにはもはや瞬間移動を持ち出すしかないのですが、この門人の考えはそんなところにはありません。これまで誰も気に留めてこなかった、塩田剛三先生が書き残されていた「砂埃が立った」という記述に着目したのです。

盛平翁が立っていたところから翁の姿が消え去ってしまった後に、なぜか砂埃が舞い立っていたというのです。乾燥した地面に砂埃が立つのはよほどの風が吹いたときだけですが、塩田先生の解説には当日かなりの風があったとはありません。ならば25メートルを盛平翁が疾風のように走っていったときに舞い上がった砂埃なのかというと、もし仮に百歩譲って人が全力疾走するときに砂埃が舞うということを認めたとしても、最初に立っていた場所ではまだ走る速さが遅いために砂埃は立たないはずです。

ところが、実際には盛平翁が最初に立っていたところに砂埃が立っていたというのですから、走るということではない原因によって、その砂埃が舞い上がる状況になったと考えるしかないわけです。

そこに、UFOの瞬間移動に伴う爆縮現象が注目されることになったのです。つまり、盛平翁は立っていた場所から近衛兵たちが並んでいた場所まで瞬間移動したのであれば、立っていたところから瞬間的に翁の身体が消えた直後に小規模の爆縮が起きて、空気の激しい流れが生まれたために砂埃が舞い立った、と考えることができるようになります。

そう、合気道の開祖・植芝盛平翁は「瞬間移動」の神業を自在に操っていたのではないでしょうか。

実は、大阪にいる他の門人にこのことを話したところ、彼自身も合気道の師匠から聞いた盛平翁にまつわる不思議な出来事について教えてくれました。

それは、次のようなことです。

和歌山県の田辺出身だった植芝盛平翁は、晩年にはよく大阪に出向いてお弟子さんたちに稽古をつけていたそうです。

ある日の稽古でのこと、興が乗った盛平翁は古い弟子たち8人にご自分の周囲を囲むようにして木刀や杖を構えさせ、一斉にご自分めがけて打ち込んでくるように命じました。全員が一瞬のうちに盛平翁の頭めがけて木刀や杖を勢いよく振り下ろしていったところ、どういうわけか翁は全員が打ち込んでいった場所から消えてしまい、8人の中の1人の後ろから首根っこをつかまえて投げ飛ばしてしまうのです。何度やってみても、消えたかと思うと必ず8人が囲んだ環の外に出てしまっているのです。

休憩のときに弟子たちが話し合い、

「翁先生があんなことがおできになるのは、なにか前もって準備していらっしゃるからに違いない。稽古が終わって先生が道場から出ていかれるときに、全員で四方八方から同時に木刀で打ち込んでいけば、さしもの翁先生も降参されるのではないか！」

と示し合わせたのです。

そして稽古が終わり、ごあいさつの後に翁先生が道場の出口に近づかれた刹那、全員が翁先生めがけて四方八方から木刀を振り下ろしていきました。

すると、どうでしょう。その場にいたはずの盛平翁の姿が消えてしまい、全員がキョロキョロと周囲を見回してみてもどこにもいらっしゃらないのです。驚いて全員が互いに顔を見合わせていたとき、道場を出てすぐにある階段の上から、

「お前さんたち、いったいなにをしとるんじゃ」

という、翁先生の笑い声が聞こえてきました。見上げると、いつの間にか盛平翁は2階に上がっていらしたそうです。

このことからも、やはり植芝盛平翁は瞬間移動の神業を身につけていらっしゃったことがわかります。

このときの弟子たちは、あまりに不思議なことを体験してしまったため、盛平翁に向かって道場の中から2階に瞬間移動する神業をもう一度やってみせてくださいとお願いしたそうなのですが、翁は、

「お前さんらは、このわしを殺したいのか！」

とおっしゃって、2度となさってはもらえなかったそうです。

つまり、植芝盛平翁は瞬間移動という神業を使うと自らの寿命を縮めることになるという事実をよく理解していたことになります。

太平洋戦争末期に原爆初号機を搭載した大型戦略爆撃機B‐29を太平洋上空で消失させ、ベトナム戦争の時期に高野山の裏阿闍梨の助力を得て当時のソビエト連邦の最新鋭ジェット戦闘機ミグ25を1機捕獲したときも、神業を使った昭和天皇は植芝盛平翁の瞬間移動と同じく、文字どおり我が身を削るほどに消耗し尽くされたのではないでしょうか。だからこそ、原爆2号機と3号機を積んで広島と長崎に向かったB‐29のときには

気力も体力も回復されていなかったため、神業を操ることがかなわなかったに違いありません。

修行した人間が瞬間移動するときと、ＵＦＯの飛行原理は同じだということになるのですが、植芝盛平翁は、古くから伝わる神道系の修行の結果として、合気道の開祖になられたのです。

ですから、瞬間移動の神業も古い神道の秘儀によるものと考えられますが、一方ＵＦＯのほうはアメリカ合衆国やロシア連邦でよく目撃例がある宇宙人のテクノロジーで作られたものとされていますので、両者の間にはかなりの隔たりがあります。

ところが、ＵＦＯもまた、古くから伝わる神道系の秘儀秘法を聖徳太子が記して天皇家に遺していた巻物の中に出てくるそうです。

それは、昭和天皇がＢ‐29を消したときのものと同じ巻物であり、Ｂ‐29を消滅させたときの祝詞も、それ以外の祝詞も、一切合切がマッカーサー元帥からトルーマン大統領に渡りました。原爆開発に関わった10人の科学者たちがそれを秘密裡に調べ、飛行機を消したりすることができる装置が作られたことはすでにお伝えしたとおりです。

その巻物には、他に瞬間移動を実現するための祝詞もあったようで、それらを分析した結果、ＵＦＯの飛行原理やＵＦＯの機体設計図となると理解され、それを基にしてネバダ砂漠の地下にある秘密研究機関「エリア51」などで、精力的に研究が進められ幾つもの驚愕の事実が明らかになったそうです。

その中には、宇宙人の子孫である日本の天皇が縄文時代には天の浮舟と呼ばれていたＵＦＯに乗って、世界中に宇宙人の進んだ文明の一部を伝え広めるために飛んでいたということもあるのです。

僕が、こうして得た普通では考えられないような情報はそれぞれが断片でしかないのですが、１つの断片だけでも壮大な話です。

それらのピースをあわせていってまとめることができれば、おそらく、ＵＦＯはどうやって瞬間移動するのか、なにをすればそれが可能なのか、その詳細が解明できると思います。そのテクノロジーや概念は、古くからの神道や陰陽道の秘伝、祝詞、隠された情報と、根本で同じなのではないかと思うのです。

第二章　ＵＦＯとの初遭遇と エリア51＆52での危機一髪

UFOとの初めての遭遇

僕がものごころついてから、初めてUFOに出会ってしまったときのことは、今でも鮮明に覚えています。

それは小学校2年生のときで、学校から帰っていつものように近所の仲のよかった友だちと自転車の2人乗りの練習をしていたときのことでした。1人でなら自転車に乗れるようになっていたのですが、後ろの荷台に誰かを乗せて走ることはまだできていなかったからです。そのときも失敗の連続で、なかなか2人乗りはできませんでした。

あきらめかけて天を仰いだとき、西の空から東に向かってオレンジ色の魚肉ソーセージのような形をした物体がスーッと上空を飛んでいたのです。

それまでに飛行船は近所の練兵場跡地などで見たことがあったため、そのオレンジ色の物体が飛行船などではないことはすぐにわかりました。

僕は、その見たこともなかったソーセージ型の飛行物体に引きつけられるかのように、友だちに、

「あれを追いかけるぞ、早く後ろに乗って！」

と、声をかけて必死でペダルを漕いだのです。当時はそれほど自動車も走ってはいませんでしたから、空を見上げながら自転車を飛ばしても危険はありませんでした。

東に向かって大通りを走っていき、鉄道の跨線橋のところまでで力が尽き果ててしまい、そのまま東の空に消えていったソーセージ型の飛行物体を2人で見送ったのです。

ふと我に返った僕は、そのとき、ある事実に気がつきました。そう、ついさっきまでどうしても自転車の2人乗りができていなかったにもかかわらず、その飛行物体を追いかけるときにはちゃんと、荷台に友だちを乗せて走ってきていたのです！

まるで、ＵＦＯのおかげで自転車の2人乗りができるようになったかのように……。

もちろん、このときにはまだ「ＵＦＯ（未確認飛行物体）」などという言葉も概念も、僕はまったく知りませんでした。なので、なにか尋常ではないものが上空を飛行していたとしか認識していなかったのです。

それがＵＦＯだったということに気がついたのは、中学校に入ってからです。

中学生になってからは、どういうわけか「宇宙人」という言葉に引かれるようになり、当時の白黒テレビ放送で流れていた海外ドラマ『宇宙家族ロビンソン』などをよく見ていました。自分でも理科教材屋でレンズを買ってきて手製の望遠鏡を組み立て、晴れた日には毎晩屋根の上に登って、星々を眺めては遙か彼方の惑星にいる宇宙人のことを想像したものです。

その頃に愛読していたのが『ＵＦＯと宇宙』という月刊誌で、毎号欠かさずに読みふけっていました。ＵＦＯに乗った宇宙人と遭遇したなどというアメリカでの事件などが紹介されていて、いつか自分も宇宙人に会える日がくるかと心躍らせていました。

そんなとき、最新号の後ろのページにあった「読者投稿欄」を眺めていたら、小学校２年生のときに見たオレンジ色のソーセージのような形をした飛行物体の写真があったのです。

「昭和＊＊年に岡山市上空を飛行したオレンジ色の葉巻型ＵＦＯ」と題した説明書きを読んでいくと、確かに小学校２年生だった僕が近所の友だちと自転車の２人乗りの練習をしていた日時に一致しました。

そして、あのとき僕が見たものは「葉巻型ＵＦＯ」というもので、よく目撃される「円盤形ＵＦＯ」を数機格納して宇宙空間を飛行するＵＦＯ母艦だとも書かれていました。

これが、僕のＵＦＯ初体験の顛末です。

ですが、このときのＵＦＯとの遭遇には、50年ほど後に用意されていたちょっとした因縁話があるのです。

後出のように、実はアメリカで秘密裡に宇宙人やＵＦＯについて研究している施設が幾つかあるのですが、そのような機密施設を何度も探りに行っているうちに、突然、進行した大腸がんになってしまいました。それは、宇宙人の進んだテクノロジーを応用して作られた電磁パルス波兵器で狙われたためだと考えられるのですが、幸いにも緊急手術を見守ってくれた宇宙人のおかげで、九死に一生を得ることになります。

そして、がんから生還して以来なのですが、それまでは箸にも棒にもかからなかった趣味の合気道で、まるで合気道開祖・植芝盛平先生のような神業を繰り出すことができるようになってしまいます。

その事実を、拙著『合気開眼――ある隠遁者の教え――』（海鳴社）で公表してからというもの、全国から空手や柔道、さらには剣道や拳法などの有段者が岡山まで通ってきて熱心に稽古してくれるようになりました。稽古後には、岡山駅近くの店に集まってビールを飲みながら、それぞれが乗る最終新幹線の時間まで談笑することが多かったのです。

そんなあるときのことです、10人ほどでテーブルを囲んでいたとき、東京大学の航空工学科で大学院まで修了して、関西の国立大学で物理学実験を教えている男性が、不意にＵＦＯと出会った話をし始めました。むろん、僕も含めてほとんどの人が興味津々の雰囲気で、その場はいやが上にも盛り上がっていきました。

そのためか、そのＵＦＯ体験談を聞いた他の人たちからも続々とＵＦＯ目撃談がカミングアウトされ、気がつくとこの僕の下に遠く県外から稽古に集まってきてくれていたほぼ全員が、なんらかのＵＦＯ体験を持っていたことがわかったのです。ただ１人を除いて……。

その例外だと思われた人物は、京都大学の物理学科で大学院まで修了し、関西の超有名私立進学校の物理教員をなさっていました。熱心に毎週のように稽古に参加してくださるのですが、さすがにＵＦＯや宇宙人などのトンデモ話にはあきれてついていけないようで、いつもに増して盛り上がってきたテーブルの端でむっつりとした表情でじっと腕組みをしたままです。彼にとってはこのような話題の中に身を置くのはかなりのストレスになっているかもしれないと、僕は彼の様子を気にし続けていました。なので、彼の表情があるときからどんどんと変化していったことも気づいていたのです。

そして、その変化が最高潮に達したとき、彼は堰《せき》を切ったように大声で言い放ちました。

「えーい、もう、話してしまうぞ！！」

僕を含め、他の人たち全員が驚いて黙ってしまったとき、彼は幼稚園のときにＵＦＯを目撃していたという事実を初めてカミングアウトし始めたのです。

それによると、通っていた近所の幼稚園は、京都御所の東側にあったそうです。ある日の夕方遅くのこと、幼稚園の庭で遊んでいた子どものときの彼は、御所の西の上空から東へと向かって音もなく飛行していく、オレンジ色の筒状の物体を見てしまいました。

そして、成長してからそれがいわゆるＵＦＯ、未確認飛行物体と呼ばれている宇宙人の乗り物であり、特にオレンジ色の葉巻型ＵＦＯとして世界各地で目撃されているものだと知ってしまいます。

ところが、物理学教師として生きていく道を選んだときに、ＵＦＯなどというものを見たという事実をばかげたことだとして封印してしまっていたようです。

それが、テーブルを囲んで新幹線を待っている全員がＵＦＯの目撃者だったことから、ついに自分に課していた封印を解いてしまったのです。

もちろん、誰もがその話に感動し、わざわざ遠くから岡山のこの僕の下に集まってくる連中は、ひょっとするとみんなＵＦＯを見たり宇宙人と関わっていたりするのではないかとまで、大笑いで結論づけてしまいました。

そんな中で、僕はふと思ったのです。そして、彼に今現在の年齢を聞いてみました。そう、彼が幼稚園の生徒で京都市中心部で上空を飛行していたオレンジ色の葉巻型ＵＦＯを目撃したとき、ちょうど僕は小学校2年生だったのです！

つまり、今から50年ほど前のことになるのですが、当時小学校2年生だった僕が見た岡山市中心部で西の空から東の空へと飛行していったオレンジ色の葉巻型ＵＦＯが、その後京都市中心部上空を西から東へと飛行していくのを、当時幼稚園の生徒だったこの物理学教師が見ていたのです！

ロズウェルに墜落したＵＦＯのパイロット

ＵＦＯについて、僕の場合は小学校2年生のときに初めて目撃してから、十数回は見ています。非常に近いところで、形状もはっきりと見えたこともあります。もちろん、単に光っていただけで、飛び方が変だというだけのものもありました。いったいなんなのだろう、きっと宇宙人が乗っているに違いないと思い、もっと探求したくなったので、大学は天文学科に進学したのですが、現実の天文学科はそんな研究をするところではありませんでした。

そこで、大学院は天文学科ではなく理論物理学科に進み、博士の学位を頂戴してスイスのジュネーブ大学や日本のノートルダム清心女子大学で教鞭を執るようになってからは自由に時間を使えたので、アメリカにあるＵＦＯの墜落現場やＵＦＯを研究している秘密施設などを探検に行ったりして、ＵＦＯに関するより新しい情報を絶えず入手するように努めてきたのです。

ＵＦＯ墜落現場として一番有名なのがロズウェル、それからキングマン、そしてアズテック、この3ヶ所に現場検証の目的で行きました。

そして、ハリウッドのSF映画にも頻繁に登場する有名な秘密研究施設の「エリア51」だけでなく「エリア52」と呼ばれているチャイナレイク海軍兵器研究所などにも行って、警備のジープやヘリコプターにも追いかけられたりと、いろいろな面白い体験をしてきました。そのおかげで、やはりアメリカ軍はUFOとの関わりがかなり深いと肌で実感し、そして確信を得ました。


僕は理論物理学者なので、年に1回はアメリカのどこかで開催される学会に参加しています。日本にはUFOの墜落現場や秘密基地はありませんが、アメリカには多いので、学会に行ったときはそうしたところに足を伸ばしていたのです。

以下では、そのような場所を探検したときのことを順次お伝えしていきたいのですが、アマゾンの秘境でもないのに「探検」などとは大げさだと思われる向きも少なくないのではないでしょうか。

ところが、実際に読み進めばわかっていただけるように、秘密基地に近づいたり侵入したときには、まるでアクション映画のような命がけの場面の連続だったのです。

それに比べて、ＵＦＯの墜落現場を訪れたときのことなどはある程度の緊迫感に包まれてはいましたが、警備兵に追跡されるようなことはなくて、がっかりしたこともあります。

それでも、ニューメキシコ州のロズウェルにあるＵＦＯ墜落現場に行ったときには、砂漠の中のハイウェイをレンタカーの大型ジープで走っていくときににわかにかき曇ったかと思うと落雷の稲妻が周囲に落ち続け、本当に身の危険を感じました。

こんなに激しい雷が頻繁に発生する砂漠であれば、その上空を飛行していたＵＦＯが落雷で故障して墜落したという俗説も、大いにうなずけるものだと感心したほどです。

ということで、まずはロズウェルのＵＦＯ墜落現場を訪れたときのことから始めてみましょう。

ロズウェルは、想像していたよりもずっと開けた街で、ＵＦＯ墜落事件の顛末などを展示した「ＵＦＯ博物館」もなかなか見つかりませんでした。これは土地の人に聞いてみるしかないと思ったとき、庭で小さな子どものお守をしている黒人の老人がいたので、ジープを止めて尋ねてみました。

「ＵＦＯ博物館？？」

一瞬なんのことかわからないといった表情になった老人は、すぐに笑顔になって、

「あー、宇宙人マニアがやってくるところかね」

と笑いながら、そこまでの道順を丁寧に教えてくれました。

どうも、地元の住民たちにはほとんど重要視されていない雰囲気だったので、わざわざやってくることはなかったかなと悔やみ始めていたかもしれません。

ともかく、指示どおりに走っていくと、確かに「ロズウェルＵＦＯ博物館」というＵＦＯを模した看板が掲げられた建物が見つかりました。

ニューメキシコ州ロズウェルにある
ＵＦＯ博物館入り口のＵＦＯ型看板

入り口から中に入ってみると、受付カウンターに年配の女性が立っていて、笑顔で迎えてくれます。拝観料を払ってパンフレットを受け取り、いよいよ展示されているロズウェル近郊に１９４７年７月にＵＦＯが墜落した事件の詳細を見て

回りました。

当時のＵＦＯ墜落事件の第一報を伝える地元の新聞記事の拡大コピーに始まり、墜落現場にいる宇宙人や、そこに到着して調査しているロズウェル陸軍飛行隊の兵士たちの姿を描いた想像図、さらには陸軍飛行隊の中でＵＦＯに乗っていて墜落時に死亡したとみられる宇宙人が、死体解剖されている様子を表した等身大の模型までもがありました。

ＵＦＯ博物館にあったＵＦＯ墜落現場の想像図

中でも僕の目を引いたのは、雷に打たれて制御不能の状態に陥ったＵＦＯが、地面をこするように不時着したあげく、最後は大きな岩に激突して止まったという記述でした。そこには、ＵＦＯに激突されたために割れてしまった岩の写真までもが示されていたのです。

僕がその写真に見入っていたのが珍しかったのか、受付にいた年配の女性が笑顔でやってきて声をかけてくれました。

「UFO墜落現場に興味がおありなら、現場に実際に行ってみることをお勧めしますわ。あの現場に立つと、50年近く経った今でも、墜落の余韻を強く感じることができるという人も少なくありませんから。もし行かれるなら、あそこに掲示してある墜落現場の地図を簡単にスケッチしておいてくださいね。

あ、それから途中から道がなくなって砂漠の荒れ地を登っていくことになるので、4輪駆動のジープでし

UFO墜落現場のジオラマ

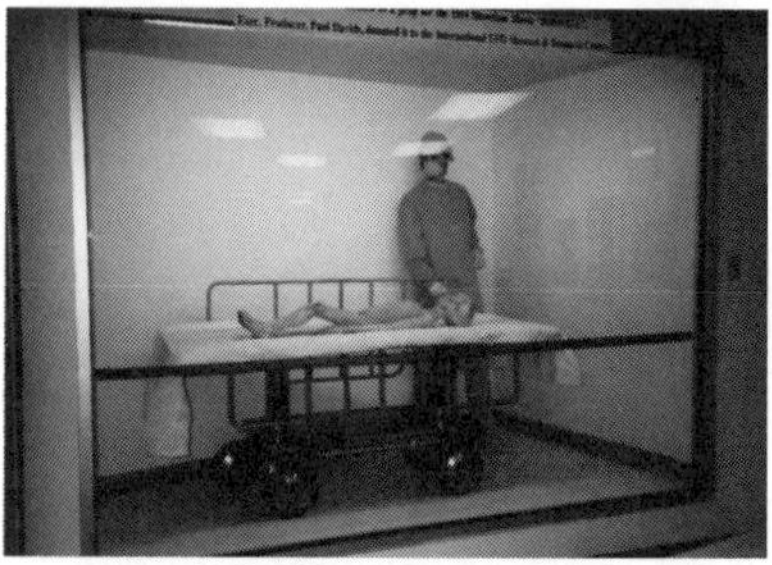

UFO墜落現場で見つかった宇宙人の死体解剖の様子を表した等身大模型展示

ＵＦＯ博物館に展示されていたＵＦＯが墜落して激突したために割れた岩の写真

か行けませんよ」

幸いにもこのときは大型ジープを借りていたので、問題はありません。僕はその場で決意し、世界で最も有名なＵＦＯ墜落現場へと向かったのです。

道なき道を、しかもかなりの斜面を登っていくということだったため、念のために途中にあったガソリンスタンドに寄ってガソリンを満タンにしておきました。

そのとき、当時人気があった『Ｘファイル』というＵＦＯや宇宙人を追うＦＢＩ捜査官の活躍を描いた、アメリカのテレビ番組での一場面を思い出しました。それは、主人公の捜査官が車の中に黄色い塗料のスプレー缶を置いていて、後で戻ってくるときの目印に道路の舗装面や周囲の立木などにスプレーで目印をしておくという場面です。

荒れ地の中を走っていくとき、道がないということは墜落現場にたどり着けたとしても、帰りには方向がわからなくなって無事に戻ってくることができなくなる可能性が高いと思えた僕は、ガソリンスタンドの売店で黄色い塗料のスプレー缶を1本買っておきました。もしそれがなかったなら、墜落現場からの帰路に迷ってしまい悲惨なことになっていたはずです。今思い出しても、ゾッとします。

UFOの墜落現場は、高い木の枝に赤いリボンが結ばれていたので、比較的容易に見つけることができました。

そこには、ロズウェルのUFO博物館に展示されていた写真にあった大きな岩があり、飛行機の胴体着陸のように地面を削りながら滑ってきたUFOが激突したときにできたであろう、大きなひび割れができていました。

そして、大きな岩の手前に立って振り返ってみると、丘の下のほうから墜落したUFOが斜面を滑りながら上がってきた様子が、50年以上経っても想像できるような光景が広がっていたのです。

まさに、UFO博物館の年配の女性が教えてくれたとおりです。

墜落現場からの帰路は、本当に肝を冷やし続けました。往路で大型ジープのハンドルを切る度に運転席から手を出して立木に黄色いスプレーで目印をつけていたのですが、その目印を見つけ出すことがかなり難しかったからです。

何度もバックして目印を探さなくてはならないこともあり、やってくるときよりも2倍ほどの時間を要してしまいましたが、ともかくなんとか無事に道路があるところまで降りていくことができました。その瞬間、大いに安堵したからか、どっと疲れてしまい身体が重く感じるようになったのです。

ＵＦＯが墜落して激突したために割れた岩の現場写真

ＵＦＯが墜落して山肌を削るように滑ってきた痕跡の途中に立って、最後に激突して停止した岩の方向を見た景色

その反対方向を見た景色

実は、疲れたように感じた理由は他にあったのですが、このときはまったく知るよしもありませんでした。いや、このときだけでなく、その後もずっと僕自身では気づくこともできなかったのです。

それがわかったのは10年ほど経ってからのことでしたが、これもまた不思議というか、普通ではにわかには信じられないような理由だったのです。

前節でお伝えしたように、その後の僕はどういうわけか急に進行した大腸がんを患ってしまい手術中に死にかけたのですが、宇宙人か天使かと思われる看護師の女性のおかげで、無事に生還させてもらえたのです。

その直後から、合気道の創始者のような神業を発揮できるようになったため、噂を聞きつけた武道家たちが全国から訪ねてきてくれるようになっていました。

その中に、「肥田式強健術」と呼ばれる心身鍛練法を東京を拠点に広く教えているという師範がいらっしゃいました。

わざわざ東京から岡山に新幹線で往復してくださったのですが、帰りの新幹線の時間を待つために、そのときも岡山駅近くの喫茶店でコーヒーを飲みながら楽しく談笑していました。

するとその師範が急に真剣な顔になったかと思うと、帰る前に1つどうしても伝えておかなくてはならないことがあるとおっしゃるのです。そのうえで、次のような驚くべき話をしてくださいました。


その日、初めて僕の姿を見たとき、師範の目には僕の左肩の上に宇宙人の霊が取り憑いているのがわかったそうです。肥田式強健術を長年実践していると様々な超能力が身についてしまうとのことで、特にその師範の場合は霊魂を見たり、チャネリングによって話をしたりすることができるとのことでした。

人間に蛇や狐などの動物霊が取り憑いているのはよくあることだそうですが、宇宙人の霊が取り憑いているのは初めて見たそうで、興味を持った師範は、チャネリングで僕の左肩にいる宇宙人の霊に聞いてみたといいます。

そして、その宇宙人の霊が教えてくれたことは、奇想天外というか、まともな人ならあきれ返ってしまうような内容でした。

なんと、僕の左肩に取り憑いている宇宙人の霊は、ロズウェルに墜落したＵＦＯのパイロットをしていた宇宙人の霊だったのですから。自分の操縦ミスのせいでＵＦＯを墜落させてしまい、自分を含め搭乗していた宇宙人の何人かが死んだだけでなく、生き延びていた宇宙人はアメリカ軍に連行されて機密地下施設に幽閉されてしまったことがトラウマになって成仏できず、あの墜落現場をさまよっていたそうです。

そんなとき、たまたまこの僕がＵＦＯ墜落現場にやってきたのを見て、その宇宙人の霊はなぜか確信したといいます。この人間に取り憑いてさえいれば、いつか必ず自分の星に戻ることができると！

こうして、その墜落したＵＦＯのパイロットだった宇宙人の霊が、僕の左肩に取り憑いてしまったとのことです。

確かに、ロズウェル近郊のＵＦＯ墜落現場から帰ってからというもの、常に左肩が凝った状態で、未だに凝りは取れていません。おまけに、左耳が聞こえなくなってしまっています。

ということは、そう、まだその宇宙人パイロットの霊が取り憑いたままになっているに違いありません。なにせ、その宇宙人の星に僕が連れて帰るのを待っているのですから、なんらかの方法で僕が星間宇宙旅行をするまでは離れてくれないのでしょう。

それにしても、なんとも気宇《きう》雄大な話ではありませんか、ロズウェルのＵＦＯ墜落現場を訪ねた後日談としては！

エリア51探訪記

ＵＦＯ墜落現場を探検したときの話はこれくらいにしておき、そろそろアメリカ政府が秘密裡にＵＦＯや宇宙人について研究している機密施設についてお伝えしましょう。トップバッターは、ハリウッドのＳＦ映画にも頻繁に搭乗する、「世界一有名な秘密基地」と揶揄《やゆ》される、「エリア51」です。

エリア51は、ネバダ州のラスベガスからハイウェイを車で3時間くらい走り、そこからネバダ砂漠に入り、さらに2時間くらい奥へ入ったところにあります。

僕が初めてエリア51を訪れたのは、今から20年ほど前のことになりますが、当時、そこに関する資料は矢追純一さんの本しかありませんでした。

そこで、その本にあった簡単な地図を頼りに出かけたのです。

アラモの村にあった唯一のモーテル

アリゾナ大学であった学会の後、僕と日本人の助手の女性と、カナダ人の女性と、スコットという男性の物理学者の4人でレンタカーに乗り込み、エリア51に出発です。

まず、目的地に一番近いところに、その夜に泊まる部屋を確保しないといけません。ネバダ砂漠に入る手前にアラモという小さな村があり、そこにあった唯一のモーテルを見つけることができました。カナダ人の2人はすでにモントリオールで同居していた間柄だったので、僕、助手、カナダ人2人として、全部で3部屋を取りました。へんぴな場所のため、当日でも部屋はいくらでも空いていたのです。

矢追純一さんの本に載っていたのはあまりに簡単な地図だったので、もっと詳しいものをと思い、モーテルの受付の人に周辺の地図はあるかと問うと、カウンターの後ろに張ってあるものだけだとのこと。それを剥がして持って行くわけにはいかないので、その場で見て覚えておこうと思いました。その頃はまだ携帯電話を持っていなかったし、カメラもディジタルではなくフィルムだったために、撮影してその場で見ることもできなかったのです。

その地図の、アラモの村から外れた砂漠の奥に、なにかが描かれていました。よく見るとそれは、放射能汚染のマークでした。気になった僕は、モーテルの人に聞いてみました。

「これは、放射能汚染のマークですよね？」

「そうだよ」

「なぜこんなところに放射能汚染の場所があるのですか？」

「理由はわからないけれど、砂漠より向こうは放射能に汚染されているから危ないんだ」

僕は直感的に、この放射能汚染マークは、部外者を立ち入らせないために地図に嘘の情報を記入させているのではないかと思いました。

各自、部屋に荷物を置いた後に、再び集まりました。もう夕方だったので、まずは食事をしようと車に乗り込み、モーテルの人に教えてもらった近くのレストランへと向かいました。

店内では、我々4人のテーブル以外は静まり返っていて、他のお客さんたちの雰囲気がおかしいのです。どうも、聞き耳を立てられているようでした。カナダ人が2人いたため、そのとき我々は英語で会話していましたので、レストランのスタッフやお客さんたちにも当然我々の話が理解できるわけですから。僕が矢追純一さんの本をテーブルの上に広げて、そこに書かれていた内容を英語に訳しながら説明していきました。

本には、

「コヨーテ峠というところの手前の左側にダートロードがあって、それがエリア51に続いている」

と書いてあります。コヨーテ峠まで行ってしまうと、行きすぎになるとありました。

夕食が終わり、さっそくエリア51に行ってみようということになりました。食事代金を払って、意気揚々とみんなで車に乗り込みます。

ところが、発車しかけたところで、レストランに矢追純一さんの本を忘れてきたことに気がつきました。あの本がないとエリア51に行けないので、他の3人を車に残して、僕だけ本を取りに店に戻りました。

店のドア開けると、先ほどまで静まり返っていた店内の人たちがカウンターの前に集まって、ワイワイ騒ぎながら僕が忘れた本を開いて見ていました。

僕が入ってきたことがわかると、店のオーナーが気まずそうなそぶりで本を渡してくれました。そして、本の中の矢追純一さんの写真を指差しながら、

「この人、この店に来たよ」

と、教えてくれたのです。

よし、このタイミングならひょっとするとなにか教えてくれるかもしれないと思い、エリア51について尋ねてみると、少し緊張した面持ちで話してくれたのです。

「入ったら最後二度と出てこられないよ。日本に帰れなくなっちまうが、いいのかい？」

「そんなに危ないところなんですか？　我々は今から行こうと思っているのですが」

「やめておいたほうがいい。もしどうしても行くのなら、入り口の前までにしておきな。エリア51の領内に入ったとたん、逮捕されちまうからな」

そして、礼を伝えて僕が店から出るときには、

「砂漠の道は、夜間は車が1台も走らないところだから、もし対向車がやってきたら

気をつけるようにな！」

ともアドバイスをくれました。車が滅多に通らない砂漠の道で、他の車が見えたら普通ならホッとすると思うのですが、逆に気をつけろというのです。

オーナーに感謝しながら車に戻り、残っていた3人にその話をして、どういうことなのだろうと不思議がりながらコヨーテ峠に向かいました。街灯もなく、右も左も延々と砂漠が続く、真っ暗闇の道です。あまりの暗闇に、だんだんと怖くなってきたため、ＵＦＯが出てきて牽引光線で引き上げられないかなどと話し始めます。

ネバダ砂漠の中をコヨーテ峠に向かう道路
（翌日の朝になってから撮影したもの）

そのうち正面に、真っ赤な目がパッと2つ光りました。全員が、

「キャー！　宇宙人だ！」

と驚いて、僕も必死で急ブレーキをかけてから前方を確かめると、なんと、可愛らしいウサギでした。ウサギの目はヘッドライトで反射すると、ものすごく赤く映るのです。

4人とも口々に、宇宙人かと思ったなどと言いながら、さらに砂漠の奥に向かいました。

気がつくと、「コヨーテ峠」と記された道路標識があるところまで着いてしまっていました。

「ここまで来たら行きすぎだって本に書いてある。ここより手前に、左側に入るダートロードはあったかな？」

「いや、気づかなかった」

他の3人が口を揃えます。

コヨーテ峠（翌日の朝に撮影したもの）

本にはコヨーテ峠からエリア51の方角を臨むと、ＵＦＯが飛んでいるのが見えることも少なくないとあります。

しかし、恐ろしさのあまり誰も車外に出たがらず、仕方なく窓から首を伸ばして、

「なにも飛んでないなー」

などと言い合いながら、エリア51の方角を眺めていました。残念ながら、見えたのは満天の星空のみでした。

すると、スコットが突然、

「おいクニオ、なにかが回転する金属音がする。UFOじゃないか？　でも、エンジンの音が邪魔になってはっきり聞こえない。エンジンを切ってくれ」

と言います。

しかし、僕にはなにやら怖ろしく感じられて、とてもエンジンを切る度胸はありませんでした。

「ここでいったんエンジンを切って、その後でかからなくなったらもう終わりだよ。UFOや宇宙人が現れても逃げることもできないじゃないか。だから、絶対に僕はエンジンを止めたくない」

と言うと、他の３人は、

「どうだろう」

「しかし、なにか回転音がするな」

などと口々に言っていましたが、そのときにはもう夜の11時半と時間も遅かったため、翌日の朝、明るくなってからもう一度来ようと決め、今夜のところはモーテルに帰ることにしました。

深夜の砂漠でカーチェイス

アラモの村を目指して砂漠の中の一本道を再び車を走らせていると、10分くらい経ったあたりで急にスコットが、

「おい、クニオ。停めてくれ」

と言います。

急ブレーキで停めると、少し興奮気味に、

「今、右のほうに入っていくダートロードがあった。この先に、きっとエリア51の入り口があるんじゃないか。行こう」

と言うのですが、僕は先ほどの怖ろしさを思い出し、

「僕はもう行く気はないよ」

と尻込みをしたのです。それでは多数決で決めようということになり、4人で話し合っ

たところ、あろうことか、僕以外は全員が行くことに賛成でした。仕方がないので、しぶしぶ戻ることにしました。

少ししか進んでいなかったうえに、深夜でまったく車が来ないので、Uターンするのも面倒だと考えた僕はバックギアに切り替えて、バックのままダートロードへの分岐点まで戻ろうとしました。

そして、僕が後ろを見ながらギアをバックに入れた、まさにその瞬間のことです。真っ暗だった車内が、昼間のようにパーッと明るくなりました。後部座席のカナダ人2人が、

「クニオ！　逃げろ！」

と叫びます。

僕にはなにが起きたのかまったく理解できなかったのですが、なにか尋常ではない事態に陥ってしまったと思って急いでギアをドライブに戻し、アクセルを目一杯に踏み込みました。

ひょっとしたらUFOの牽引ビームで照らされでもしたのかと思いながら、とにかく車を走らせます。

車内を照らしていた強い光が消えたので、いったいなにが起きたのかとルームミラーを覗くと、後ろから米軍のジープのような大型の車両ハマーが2台、サーチライトで我々の車を照らしながら、追いかけてきていました。

追跡してくるハマーのサーチライトは、なぜ突然に現れたのでしょうか？　コヨーテ峠でスコットが聞いたという金属的な回転音は、あるいは彼らのエンジン音だったのかもしれません。真っ暗闇の中でも赤外線暗視装置で見ることができるため、無灯火で追尾してきていたのでしょう。

追跡してくるハマーのサーチライト

我々がそのままアラモの村に帰っていれば何事もなくすんだのかもしれませんが、ダートロードの分岐のところで再びエリア51に戻るような動きをしたため、警告でサーチライトを当てられたに違いありません。

それからの30分間は、砂漠の中のカーチェイスでした。

そのときに我々が乗っていた車は、トヨタのクラウンくらいのサイズのフォードのトーラスだったのですが、追いかけてくるのはハマーという大型の軍用ジープで、ぐんぐんと接近してくるのです。床につくくらいにアクセルを踏み込んでいるのですが、それでも間に合わず車間距離が詰まってきます。

もっと大型の車を借りておけばよかったと、このときばかりは激しく後悔しました。

「クニオ、前方の右を見ろ！」

というスコットの声で、別のジープが我々の前方に回り込もうとしているのが、ヘッドライトに照らされた砂煙でわかりました。

「前に回り込まれたら挟み撃ちされてしまう！　そうなったらもう終わりだ。飛ばせ！　速く！」

カーアクションの映画さながらの運転で走り抜け、かろうじて挟まれることは免れました。すると今度は、３台で我々を追いかけてくるのです。

もう、無我夢中です。

アラモの村はずれにあったガソリンスタンドを前方に捉えたとき、灯りがともっていることに気がつきました。

「ガソリンスタンドがまだ開いてる！　よし、あそこに飛び込むぞ！」

それまでに観たアクション系のハリウッド映画のシーンが頭の中で次から次へと蘇り、これまで発声したことのないような早口の英語で、僕はまくしたてました。

「僕が車を急ブレーキで店の前に止めるから、君たちはドアを開けたままでいいから店の中に飛び込んでくれ。ドアを閉める必要はない。僕は僕で、エンジンも止めないで飛び降りるから」

ガソリンスタンドの前にキキーッと大きな音を立てながら停車し、取りあえずギアをパーキングに入れエンジンはそのままで、全員大慌てで店内に飛び込みました。

店にいたのは、大学生アルバイト風の若者でした。彼は、血相を変えた我々4人が飛び込んできたので、強盗にでもあったのかと思ったそうです。エリア51の近くから、サーチライトを煌々《こうこう》とつけた3台の大型ジープに追いかけられたと話すと、

「いつもここまでは追いかけてこないのだけれど、よっぽどのことをしでかして警備兵たちを怒らせてしまったんじゃないのか？」

と聞いてくるのです。

「追いかけられるようなことは、なにもしていないよ」

と答えると、

「とにかくここにいろ。俺が外の様子を見てくるから」

と言い残して、彼は1人でガソリンスタンドの前の道路に向かって歩いていきました。

店内で待っていると、すぐに戻ってきた若者が、

「3台のハマーは、あそこにまだいる。ヘッドライトを消してこっちのほうを見ているから、しばらくここにいたほうがいい。まあ、コーヒーでも飲んで落ち着いてくれ」

と、伝えてくれました。

彼の話によると、エリア51の警備兵たちは侵入者を威嚇して逃げ出したらそのままにして、通常は追跡まではしないそうです。今回のように、村はずれまで追いかけてくるというのは、異例のことらしいのです。なにかをしでかして目を付けられたのだろうと疑われたのですが、こちらはなにもしていないと答えるばかりでした。

30分くらいコーヒーを飲んで、若者が再び様子を見に外に出てくれたときには、追跡してきた警備兵たちはすでにいなくなっていました。安堵した我々はガソリンスタンド

を後にし、午前1時過ぎにやっとモーテルにたどり着くことができたのです。それぞれの部屋に戻って、僕もようやく人心地つきました。

実は、僕はその日の朝にアリゾナ州のツーソンを出発して、ずっと1人で運転をしてきたこともあり、もう、疲労困憊だったのです。

部屋に入ったとたん、シャワーも浴びずにベッドに倒れこみ、布団もかけずにそのまま昏々《こんこん》と眠ってしまいました。

エリア51リサーチセンター

明け方、遠くのほうでノックの音が聞こえました。

次第にドンドンというドアを打つ音が大きくなり、クニオ、クニオと何人もが叫ぶ声が聞こえてきました。

何事かとやっと目が覚めて、寝ぼけ眼でドアを開けたところ、仲間の3人が真剣な顔で、

「クニオ、大丈夫か？」

と問いかけてくるのです。

たった今目覚めたことを伝えると、スコットが血相を変えた表情で畳みかけてきます。

「UFOが現れたのを、知らないのか？」

爆睡してしまっていた僕は、UFOが飛来したことなど知るよしもありません。驚きでやっと頭がはっきりしてきたので、逆にスコットに向かって問いかけていきました。

「いったい、なにがあったんだ？！」

と。

スコットが話してくれたのは、次のような恐怖の出来事でした。

それぞれが部屋に戻ってしばらくたったとき、遠くからトラックのコンボイ（集団）がどんどん近づいてくる音がしたのだそうです。

ジープ3台どころではなく、今度は基地の兵隊が分乗したトラック集団で、我々を捕まえにきたのではないかと思って、それは怖ろしかったそうです。コンボイは、どんどん近づいてきているようでした。

スコットは同室の彼女に窓の外を見てと頼まれ、カーテンをそっと開けて外の様子をうかがったのだそうです。すると、コンボイのような振動や音はするのに、モーテルの前の道路にはなにも見えません。

ジープと同じく軍用トラックも無灯火にして走っているので見えないのかと思い、さらに外を凝視していたら、もうすぐそこまで来ているかのような音が近づき、それと同時に、調度品や家具が、ガタガタと音を立てて振動し始めたのだそうです。

すると、コンボイのような激しい音はモーテルの真上から聞こえるようになり、スコットは思わず同室の彼女に向かって口走りました。

「この音は軍用トラックなんかじゃない、UFOだ！　エリア51から僕たちを連れ去るために飛んできたのかもしれないぞ！！」

恐怖のあまり、スコットは彼女と2人で毛布をかぶって、震えながら耳をふさぎました。

まさに同じ時間に同じことを体験していた僕の助手の女性も、別室で1人ベッドの下に潜り、半べそをかいていたといいます。こんな危険なところに来たことを後悔していたそうです。

こうして、３人は一睡もできずに夜明けを迎えます。ＵＦＯはもはや去ったのか、静かになっていました。外に出るのも怖ろしく、周囲が完全に明るくなるまで待っていたのだそうです。

そのモーテルでは、管理人が朝になったら出勤してくるようになっていました。３人は、モーテルの前に止まった車から管理人が降りて歩いてくる姿を見て、やっと安堵して部屋を出ました。しかし、僕だけが出てこないので、てっきりＵＦＯにさらわれたのではないかと、すごい勢いでドアを叩いていたというわけです。

事情を知らされた僕は、なかば残念に思って聞いていましたが、最後に助手に向かって、

「え？　そんなことがあったの？　なんで俺を起こさなかったの⁉　ＵＦＯを見たかったのに‼」

と、文句をつけてしまいました。助手の弁解によると、僕の部屋にすぐに電話をしようと思ったのですが、電話機の横に「すべての通話は録音されます」という普通のホテルではありえないような注意書きが貼られていたのに気がつき、よけいに恐怖を感じて電話をするのをあきらめたそうです。

「隣の部屋なんだから、ドアから出て僕の部屋のドアを叩いて知らせればよかったじゃないか」

という僕のしつこい恨み節には、

私には、

「ドアから外に出たとたんにＵＦＯの牽引ビームで吸い上げられてしまいます！

ベッドの下に潜って隠れることしかできませんでした!!」

と、半べそで応戦してきました。そんな様子からも、僕が寝ている間に起きたというモーテル直上にまでやってきたＵＦＯの接近遭遇は、真実だったと確信できました。

僕の部屋の入り口で我々４人がそんな話をしていたら、突然、ドカーンという地面が割れるかのような、激しい爆発音がしました。空気がビリビリと揺れる、大きな振動も感じます。

実は、その頃にはまだ知ってはいなかった、ＵＦＯの瞬間移動に伴う「爆縮」の音だったのです。そのようなＵＦＯの最新の飛行原理も、まだ入手していなかった頃でした。

そのとき僕の目には、モーテルの管理人がものすごい爆発音の中を、リネンを持って平然と歩いている姿がはっきりと映ったのです。おそらく、この村で働いている人たちにとって、この音は日常茶飯事なのでしょう。

ところが、我々4人にとっては初めてのことなので、ただただ驚愕するばかりです。

ともかく、管理人にすべてのことを問うため、全員で事務室に向かいました。先ほどからの爆音に驚いたこと、昨夜エリア51の警備兵たちに追跡されたことを伝えてから、壁に貼られている地図のエリア51にあたる場所には放射能汚染のマークが描かれていて立ち入り禁止とあるが、本当はアメリカ空軍が極秘でＵＦＯの研究などをしているのではないか、などと問い詰めたのです。

管理人は困ったような顔をして、無言のまま一枚の紙を取り出し、読むようにと真顔で示しました。

それは英語の文書で、

「この村の住人は、あらゆる裁判において弁護士を付ける権利を放棄するという条件の下にのみ、この地の滞在を許可するものとする」

といった内容が書かれていました。

つまり、どんな種類の裁判においてももはや負けるしかないという意味の厳しい条件を受け入れないことには、このアラモの村には居住できないということです。

例えばこの地でのことで、なんらかの声をあげようとすると政府に阻まれ、裁判に訴えようにも弁護士をつけることができないので、負けるしかないのです。

先ほどの僕からの質問に答えるなら、やはり政府から身に覚えのない罪で訴えられることになり、弁護士に頼れないまま敗訴してしまうというわけです。これでは、絶対になにも教えてはもらえません。

ダートロードへの分岐にハマーの
轍がはっきりと残っている

けれども、管理人は1つだけ教えてくれました。エリア51の手前に、「エリア51リサーチセンター」という民間の施設があるので、そこに寄ってみてはどうかと。新しい情報を得て、我々は管理人にお礼の言葉を伝え、モーテルを後にしました。

エリア51に続くダートロードが始まる、前夜に追跡され始めたところまで再びやってきました。明るい中で見ると、前夜、脇から出てきたジープの轍《わだち》も残っていました。

　前夜の出来事について未だ興奮冷めやらぬ状態で話しながら先へ進んでいると、突然スコットが笑い始めました。

　なぜなら、誰が見てもわかるような、くり抜かれたサボテンに雑に埋め込まれた監視カメラが、ずっと続いていたからです。さらに地面にも、金属線が埋め込まれているのがわかりました。つまり、自動車が通過したらわかるように、センサーになっていたのです。

エリア 51リサーチセンター

　さらに進んでいくと、管理人に聞いた「エリア51リサーチセンター」という看板がありました。センターといっても、それは、古いトレーラーハウスでした。

　ドアをノックすると、ジョン・デンバーさんという、カントリーウエスタンの有名歌手と同姓同名の40歳代くらいの男性が眠たそうに出てきました。

　ここのことをアラモの村のモーテルで聞いたと伝え、これからエリア51に行きたいと告げると、彼は我々4人を中に入れてくれました。

前夜に追跡された話をしたところ、彼は、その騒ぎを知っていました。前日の昼間、エリア51にCNNとABCの全米テレビニュース番組のクルーが取材に来ていたというのです。

なぜかというと、エリア51を唯一見下ろすことができる「フリーダムリッジ」と呼ばれる民有地の丘を、アメリカ政府が裁判を起こして没収し、国有地にしようとしているそうです。しかも、アメリカ政府はこれまで「エリア51」と呼ばれている場所には実際にはなにも存在しないと主張し続けていました。なにもないところなのに、「その丘が民有地のままだと誰もが自由に見下ろせることになるから、裁判を起こしてまで没収して国有地にする」というのはおかしな話だと、論争となっていたといいます。

争点となっているその場所を撮影して全米ニュースに流そうと、ニュースクルーがテレビカメラを担いでフリーダムリッジまで登ったのだそうです。対するエリア51の警備部隊は、フリーダムリッジの頂上に陣取っていたニュースクルーの全員を取り囲んで、テレビ撮影用のカメラを没収しました。

実は、アラモの村を出たところからこの地区まで、至るところに「国家安全上の理由により、いかなる撮影も禁止する」という警告看板があるのです。

そのため、ニュースクルーたちは、とても高価なテレビ放送用のカメラ機材をすべて、警備兵たちに没収されてしまいました。

ところが、どちらのニュースクルーのアナウンサーやディレクターも骨のある人物で、「まだ裁判が結審していないため、フリーダムリッジは未だ民有地である」と主張して丘に登ってきていたのです。テレビカメラは没収されてしまったのでエリア51を映すことはできないのですが、上に向いた巨大なパラボラアンテナが3つあるとか、山肌に開いた大きなトンネルのことなど、アナウンサーが丘の上から見えるままを詳細に語って全米に放送してしまったので、エリア51の警備部隊の逆鱗に触れてしまいました。

そのニュースクルーがフリーダムリッジを降りて引き上げていってからのことですが、ラスベガスの地元テレビ局でテレビカメラなどの機材を借りて日が暮れたところで再びこっそりと撮影にやってくるのではないかと警戒した警備部隊は、その夜は特に厳重な警備網を敷いて待ち構えていたそうです。夜中にノコノコと現れたなら、今度こそは全員を逮捕監禁してやると待ち構えていたところに、僕の車が運悪くエリア51へと続くダートロードに入っていこうとしたというわけです。

警備隊にしてみたら、またあのニュースクルーの連中が侵入してきた、今度こそは痛い目にあわせてやると思ったのでしょう。全員逮捕だと勢い込んで、後ろから2台のジープで追跡するだけでなく、他のジープで前方に回り込んで逃げられなくしようとしてきたのです。

君たちは、かなり危険な状況だったとジョン・デンバーさんが教えてくれました。それを聞いた4人は互いに顔を見合わせて、昨夜無事に逃げおおせたことが奇蹟だったとあらためて納得してしまいました。

フリーダムリッジから見たエリア51

僕とスコットが気になったのは、その「フリーダムリッジ」と呼ばれる丘の上からエ

フリーダムリッジから見下ろしたエリア51のパノラマ写真

リア51を見下ろすことができるということでした。

デンバーさんに、フリーダムリッジがまだ民有地であることを確認してみると、「登ってみるか？」という返事だったので、登らせてもらうことにしました。

ただ、今は起き抜けで朝食前でもあり、自分は案内することができないので独力で登るように言われてしまうのですが……。

木やサボテンに、デンバーさんが黄色いリボンを結んでくれていて、それぞれのリボンを直線で結んで分けられたエリアのこちら側は民有地なので、そこを登っていくかぎり安全だと教えてくれました。

ただし、1歩でも政府の土地に踏み込むようなことがあれば、監視している警備兵たちが飛んできて逮捕されるから気をつけるようにということでした。

フリーダムリッジから見たエリア51

詳しく教えてくれたデンバーさんになにかお礼をしたいと告げたところ、それならこのエリア51リサーチセンターの活動を維持するために販売している冊子や写真を買ってくれということで、その場でエリア51についてデンバーさんが作った貴重な冊子を3冊買わせていただいたのです。

1冊の表紙には、デンバーさんがその場でサインをしてくれました。その中にはフリーダムリッジ周辺のトレッキング地図が載ったページもあり、それを見ながら我々4人はエリア51リサーチセンターを離れたのです。いよいよ、地球上で最も有名な秘密基地と揶揄されてきた「エリア51」の姿を自分自身の目に焼き付けることができる！

車で行けるところまでは行き、そこからは歩いて登りました。スコットを先頭にし、僕がしんがりを引き受ける形の4人縦列で歩き、次の黄色いリボンはどこだと探しながら、それを頼りに一番上までずっと登っていったのです。デンバーさんから聞いていたとおり、頂上にたどり着くと眼下にエリア51の風景が広がっていました。

ふと見ると、僕が止めた車のそばに2台のジープが近づき、グルグルと周りを回って停まりました。明らかに、警備の兵隊と思われる人物が降りてきて、車の中を覗き込んでいます。僕は他の3人に、

「今下りていくと、なんだかんだと言いがかりをつけられて捕まるかもしれない。とにかく、あの連中がいなくなってから下りよう」

と提案したのですが、その間にもすでに、別の丘から双眼鏡で監視されているのがわかっていました。

デンバーさんからは、

「監視されているところでカメラを取り出して構えたら、それだけで逮捕されるので、とにかく一切そんなそぶりは見せるな。監視されているとわかったときには、その

警備兵に両手を振ってカメラを持っていないことを見せつけてから、とにかくフリーダムリッジから見下ろす光景を目に焼き付けろ」

と強く注意されていましたし、ちょうど監視にも慣れてきていましたので、余裕で手を振ったりしていました。

フリーダムリッジを下りると、ジープはいなくなっていました。

安堵した我々は、おかげで無事にエリア51を見ることができたことを報告するために、再びジョン・デンバーさんのエリア51リサーチセンターに立ち寄りました。そこで、先ほど丘の上で見てきた光景そのままの写真が目にとまりました。デンバーさんが、監視している警備兵から見つからないように撮った写真で、私はそれをいただくことができました。とても貴重な写真です。

デンバーさんにお礼を伝えてセンターを後にした我々は、さらにぎりぎりのところまで攻めてみようということになり、ダートロードの奥にあるエリア51のゲートまで行ってみることにしました。昨夜から続いていた極度の緊張にも少しずつ慣れてきていたのでしょうか、それが危険な行動であるとは誰も思えなかったからです。

おまけに、僕はといえば、ゲートの手前で車をUターンさせるときに車内からこっそりと写真を撮ってしまったのです！　その行為を警備兵たちに気づかれてしまっていたなら、その場で逮捕されてエリア51の中に連行され、二度と外には出てこられなかったはずです。ただ、幸運にも、いや単に強運だっただけでしょうが、見つからずにすみました。そうして得られたのが、ここでお目にかけるエリア51のゲートの写真です。

エリア 51のゲート風景

ハリウッド映画に登場する「エリア51」では、物々しいゲートで警備兵たちによる厳しい検問があるように描かれていますが、実際にはそういったものは一切なく、ダートロードの脇に「これより先は殺傷力を行使して進入を阻止する」と書かれた警告標識が立てられているのみです。

もちろん、Uターンしてからはやむなく戻りましたが、そのときもずっと遠くから2台のジープが我々を監

エリア51のゲート脇に掲げられている警告標識のレプリカ

視していました。このときの探検はそこまでで、サンフランシスコでカナダ人の２人と別れて日本に戻ったのです。

アメリカ政府による巧妙な罠

帰国からしばらく経った頃、大学宛てに、南アフリカから航空便で手紙が届きました。封を開いてみたら、差出人は南アフリカ軍部の幹部と名乗る人物だったのです。

「現在の政権が汚職ばかりで、このままでは国の先行きが危うい。近い将来そのような堕落した政治家や役人たちに反旗を翻《ひるがえ》して、政治を正すために高額の資金を準備しています。ただ南アフリカでは、それを密かに保管することができないため、外国の銀行口座を貸してほしい」

という内容でした。

そこに機密資金を預けさせてもらえれば、謝礼としてその1割を差し上げるとあったのですが、書いてある金額がものすごい桁数でした。1割の金額でさえ日本円に換算すると数十億円になるほどで、道義的な理由はさておき、これはなかなかうまい話だと思えたのです。

ただ、国内にある僕の銀行口座に何百億円もの外貨が振り込まれてきたら、まずは国税局がそのお金の素性を執拗に追い始めるのは明らかです。ですから、日本の銀行口座を使うわけにはいきません。

幸いなことに、僕はスイスのジュネーブ大学に4年間勤めていましたので、そのときの給与支給口座がまだスイス銀行に残っていました。すぐにその銀行に国際電話をかけて入金できるか否かを確認したところ、可能だとわかりました。

当時は電子メールもなかったため、普通の便箋に、タイプライターで返事を打ち始めました。ちょうどそのとき、あのエリア51での恐怖のUFO事件に巻き込まれ、いっしょにフリーダムリッジにも登った助手の女性がたまたま僕の研究室に入ってきたのです。なにをしているのかと聞くので、南アフリカから航空便で届いた手紙のことを話し、

「うまくいけば大金持ちになれるんだ」

などと自慢しました。

すると彼女は、

「話がうますぎませんか」

と言うのです。

「でもちゃんと、大学宛てに封書が送られてきたのだから……」

「それが、おかしくありませんか？」

などと話し合っているうちに、彼女が、ああ、と納得したように呟きながら気づきました。

「きっとこれは、エリア51に関連するなにかですよ」

彼女によれば、僕が二度とエリア51に近づけないようにするため、再びアメリカに入国しようとしたときに空港での入国審査の段階で逮捕できるように仕組まれた、巧妙な

罠だというのです。僕がこの手紙に対して僕自身の銀行口座を知らせた時点で、クーデターを準備している反政府軍の人間の共犯者になってしまうからです。そうなったら最後、僕は国際手配され、学会のためにノコノコとアメリカの空港で入国審査を受けているとき、アメリカ政府は堂々と僕を逮捕できるのです。

「アメリカ政府が仕組んだ罠に違いありません」

助手の女性はそう断言して、南アフリカに返事を送るのはやめておくように忠告してくれました。

確かに、そうかもしれません。アメリカでのレンタカーは、学会の会場に行くために使っているので、いつも勤務先である大学の住所を書類に記入して借りています。そして、あのときフリーダムリッジの下に駐めてあった僕のレンタカーの周囲を回っていたエリア51の警備兵は、車のナンバーを控えていたはずです。ということは、レンタカー会社に問い合わせさえすれば、車を借りていた人間の名前も住所もすぐにわかります。

そして、南アフリカの軍隊の幹部をかたった手紙で、クーデターのための裏金を預けるために銀行口座を貸してほしいと連絡してくるわけです。これに、２つ返事で口座番号を書いて送ったら最後、もう僕はクーデターの共犯者になるという筋書きです。

そこまでして、アメリカ政府は「エリア51」の秘密を守るのかと、僕はあきれてしまいました。もし僕がごく普通の人間であれば、こんなことがあればもうアメリカには行きたくないと思うのですが、生来の天の邪鬼だった僕は、やはりアメリカ政府がＵＦＯや宇宙人とは無関係ではないと確信し、逆に、毎年アメリカに行ってＵＦＯ関連の秘密研究施設やＵＦＯ墜落現場を探検すると、心に決めたのです。

エリア51の真実

毎年、国際学会や研究会でアメリカに行くついでに、必ずエリア51にも行くことにしています。１回目のときはすでにお伝えしたように、衝撃的というか、手に汗握る状況が続きっぱなしの経緯でした。

翌年２回目に行ったときも、アラモの村の同じモーテルに泊まり、同じように夜にエリア51に向かいました。

ところが、今回はまったく追跡されません。もちろん、警備兵たちはずっと監視しているのですが、今回はニュースクルーの取材もなかったため警備部隊の連中も別に怒らず、またどこかのUFOマニアがやってきたなという程度です。

結局、夜にはなにも起こらず、実に物足りない気分でモーテルへと引き上げました。

なぜ物足りないと思えたのかというと、つい前年にエリア51を探検したときの通常ではありえないような体験の数々と比較してしまうからです。そのとき、ジョン・デンバーさんに初めて会ったエリア51リサーチセンターで、

「昨日の夜、砂漠の中で軍隊のジープ3台とカーチェイスになって、もう、本当に死ぬ思いでした」

と伝えたとき、

「ハリウッドのスタッフを雇って、砂漠の中のカーチェイスの場面を撮影しようとしたら、いったいいくらかかるか知ってる？　たぶん、数万ドルじゃあきかず、十万ドルを超えるかもしれないよ。それを、アメリカ政府の予算でただでできたのだから、ラッキーだと考えなさい」

と返されていたのです。

それもそうだと納得した僕は、確かに得をしたような気になり、今回もあわよくば、日常ではありえないような冒険をやはり無料で体験できるのではないかと、大いに期待していました。

それに、あのようなスリリングな実体験をしてしまった僕には、ディズニーランドやUSJの乗り物や出し物くらいでは、もはやなんら刺激にはならないのです。

「もう一度、あのスリルを味わいたい……」

頭の中は、そんな欲求で埋め尽くされていました。


宿泊したモーテルでは朝食が出ないため、翌朝、受付の男性に一番近くにある朝食を食べられる店はどこかと聞いたところ、村はずれのガソリンスタンドがよいと教えてくれました。それは、前年にジープ3台に分乗した警備兵たちの追跡をかわすために飛び込んだ、あの懐かしいガソリンスタンドでした。

夜はアルバイトの若者が働いていたのですが、昼間はオーナーのおじいさんとおばあさんが切り盛りしていました。注文した卵料理を食べていたとき、あまり他にお客さんもいなかったせいか、おじいさんが話しかけてきました。93歳の方でした。

「お前さん、こんなへんぴなところには、よっぽどじゃないと誰も訪ねてはこないんじゃが、東洋人がいったいなにしにやってきたのかね？」

確かに、ネバダ砂漠のど真ん中ですから、滅多によそ者は現れないでしょう。

「実は、エリア51に興味があって……」

僕がそう話したとたん、おじいさんは吹き出しました。

「なんだ、お前もＵＦＯフリークの仲間か」

「いや、そういうわけでもないのですが……」

「ならば、これは滅多に口にしないのだが、遠くからせっかくこんなところにまでやってきた努力に免じて教えてあげよう」

おじいさんはそう言うと、僕のテーブルに座って話し始めました。

「エリア51というところは、ニューメキシコ州のロズウェルで墜落したＵＦＯに乗っていた宇宙人をさらってきて研究しているとか、墜落したＵＦＯを解体して研究しているとか言われているが、それはまったくの嘘だ。アメリカ大陸は、もともと宇宙人のものだったんだよ。

俺の家は、1890年頃に俺のじいさんが開拓農民としてここにやってきて、以来3代にわたって農業をやってきていたのさ。俺がまだ小さな子どものときには、UFOはよく飛んでいたよ。アメリカインディアンも俺たちも、よく見かけた。

それを俺たちは、『スパニッシュシップ』って呼んでいた。当時、世界一の先進国はスペインで、そのスペインの無敵艦隊の軍艦なら空も飛ぶのだろうと思ってたからさ。だから、あれが空を飛んでいても、なんの疑問も持たずに農作業をしていた。親しくなったインディアンがスパニッシュシップの乗組員たちと友だちだというから、俺はてっきり、インディアンはスペイン人と友だちなんだと思っていたんだよ。

1905年のことだったがな、当時俺が5歳か6歳のときに、アメリカ陸軍の兵隊たちが開拓農場にやってきて、『今度、丘の向こうに駐屯地ができるから、毎朝、牛乳を運んでくれ』と申し出てきたのさ。父さんは、それは喜んだよ。お金が入るからね。

毎朝、父さんが朝4時頃から牛乳を絞って、それを馬車で運ぶのはじいさんの役目だった。俺は、その馬車に1回だけ乗せてもらって、駐屯地まで行ったことがあったんだ。トンネルの入り口まで行って、そこで俺は降ろされ、じいさんはその奥まで入ったのさ。

じいさんを待ってる間に、俺がそのあたりで遊んでたら、兵隊さんの偉い人が来て、ちょっとだけトンネルの中に入れてもらえた。

そのときに聞いた話はこんな具合だったのさ。

『いいか小僧、ここはな、俺たちが造ったんじゃないんだ。コロンブスがアメリカを発見する前からあったんだ。俺たちがスパニッシュシップの噂を聞いて調査にやってきたときには、もう誰もいなかった。それで、設備だけが残っているわけさ。それを今、俺たちが調べているんだよ』

そう、アメリカ大陸にインディアンしか住んでいなかった時代に、宇宙人は今お前さんたちがエリア51と呼んでいるところを拠点として、UFOが発着できる設備を地下に造り上げていたというわけさ。そこからスパニッシュシップ、つまりUFOを飛ばして、ヨーロッパとか東洋も含めて地球上の全世界でいろいろな調査をしていたけれども、一段落ついたから宇宙人たちは自分たちの故郷の星に帰っていった。

それで、そこは完全なもぬけの殻になってしまった。そのもぬけの殻を維持していたのが、生体ロボットである、目の大きいグレイと呼ばれるやつだ。あれは、もともと生きていたものではなく、宇宙人が自分たちの手足として様々な作業をさせるために人工的に作った存在さ。だから、グレイなんてものは、大したことないんだ。本当の宇宙人っていうのは、もっと我々人間に近い姿の存在らしい」

こんなふうに、小さな子どもだったときの体験を話してくれました。これまで誰にも話したことはないという、そのおじいさんの一生の秘密を、なぜかどこの馬の骨かもわからない日本人の僕に打ち明けてくれたのです。

これはすごい話です。このおじいさんからもっと、いろいろな話を聞くべきだと思いました。ただ、僕はもう帰国するためにその日の昼にはラスベガス空港を出発しなければならなかったので、おじいさんにまた翌年来ることを約束して、後ろ髪を引かれる思いでアラモの村を離れたのです。

次の年、またアメリカで開催された別の学会に出席した後に、今度は録音するためのレコーダーを持参してアラモの村に向かいました。

すると、前年に訪れた、あのガソリンスタンドが忽然となくなっているのです。少し離れたところに、無人の新しいガソリンスタンドが建っていました。あのおじいさんはもう90歳を超えていましたから、店を畳んでしまったのかと思いました。そこで、初めてエリア51の探検にやってきたときに寄ったレストランへ行って、ガソリンスタンドのおじいさんはどうされたのか聞いてみました。

するると、そんなガソリンスタンドはもともとなかったというのです。前年、そのガソリンスタンドで朝食を食べたのだといくら説明しても、そんな店はなかったの一点張りです。僕がしつこく食い下がっていると、そのレストランのオーナーもまた、一枚の紙を出してきました。モーテルのときと同じ「すべての裁判において弁護士を雇う権利を放棄する」というあの文書です。つまりは、自分たちはなにも言えないというわけ。

それを見せられたとき、むしろ、本当にあのガソリンスタンドは存在していたのだと確信できました。

しかし、単に亡くなられたとか入院されたというのであれば、ガソリンスタンドの存在を否定することまではしないのではないかと思うのです。あのように頑《かたく》なに、もともと存在しなかったとまで嘘をつきとおすということは、ひょっとするとあのおじいさんは、外部の人間に漏らしてはいけない話を僕にしてしまったがために、ペナルティを課せられたのではないでしょうか。抹殺、もしくは隔離、幽閉されてしまったのかもしれません……。

3回目に行ったときには、もうすっかり慣れたもので、砂漠の中を走る道路の脇に停まっていた警備のジープの後ろに私も車を止めて、兵隊に直接話を聞こうとさえしていました。むろん、僕が車から出て歩いて近づこうとしていることに気がついた警備兵は、身振り手振りを交えて大声で、

「なんでもない、すぐに立ち去れ！」

と叫んできました。

エリア51のゲートからほど近いところに、農家が数軒あるくらいの、村とはいえないほど小さなレイチェルという集落があります。そこに1軒だけあるバーが「リトルエイリアンズ・イン」というのですが、エリア51の周辺では人気でした。

そこには、エリア51の兵隊もビールを飲みにやってきます。その様子はというと、以前のようなピリピリとした緊張感がなくなっていて、わりと気楽に話してくれたりするのです。そんな雰囲気に、違和感を抱いたのは僕だけではなかったはずです。

なんとなく、エリア51を訪れるのはこれが最後になるかもしれないと感じた僕は、国際学会が開催されるアリゾナ州のツーソンに向かいました。

学会の最終日には、西部劇の有名な映画『ＯＫ牧場の決闘』の場面となったツームストーンの街でパーティーが催されたので、僕も参加して飲んでいました。

たまたま、僕の左に２人、アメリカ人とおぼしき白人の男性が座っていたのです。僕が数日前までエリア51にいたという話をテーブルトークでしていたら、左側の２人から声をかけられました。

「もう、エリア51には宇宙人もＵＦＯもいないよ」

僕は驚いて聞き返しました。

「じゃあ、どこに行けば見られるんですか？」

「エリア52に行かないと、もうダメだよ」

リトルエイリアンズ・インの内部

「エリア52というところがあるのですか？」

「今では、エリア51には機密性の高いものはなくなってしまい、重要なものはすべてエリア52に移設されてしまったんだ」

なるほど、だからのんびりムードで、兵隊さんたちも外でビールを飲んだりしているのかと、納得がいきました。

「ちなみに、そのエリア52って、どこにあるのですか？」

と聞くと、ご存知の様子ではあったのですが、はぐらかされて、なかなか教えてはもらえませんでした。お酒の席での冗談だったのかな、と思ってそれ以上はその話題には触れないようにして、静かに飲んでいました。

パーティーがお開きになり、別れのあいさつで握手をしたとき、その白人男性の1人はボソッと、

「チャイナレイクだよ」

と呟きながらウィンクをしてくれました。

当時の僕は、チャイナレイクのことをまったく知りませんでした。チャイナレイクとはなんだろうと思いつつ、このときはまっすぐ帰国したのです。

それからしばらく経って、たまたま観ていたテレビ番組が『ＦＢＩ超能力捜査官』というタイトルで、行方不明になった人を超能力で探す捜査官の特集だったのですが、出演していた超能力捜査官のマクモニーグルさんを見て驚きました。

なんと、あのパーティーで同席していた人なのです。

あのとき、僕のすぐ隣にいた人の向こうに座っていた、大柄で、あまり話すことはなかったけれど、終止笑顔だった人、それがマクモニーグルさんでした。では、僕の隣にいてエリア52がチャイナレイクにあると教えてくれた人は誰だったのだろうと、マクモニーグルさんの関係者をインターネットで調べてみるとすぐに見つかりました。

それは、マクモニーグルさんの超能力を見つけたという元上官で、スキップジョーンズという軍人でした。

当時は、カリフォルニア州にあるスタンフォード研究所の幹部としてアメリカ陸軍から派遣され、マクモニーグルさんの能力を開花させたということでした。

その後はスタンフォード研究所を離れ、「ヘミシンク」と呼ばれる、右耳と左耳から少しずれた音を聞いて幽体離脱させるという研究で知られる、モンロー研究所の所長をなさっているようです。

どうも、パーティーの席で彼ら2人から聞いた話は、本当のことだったのではないか！

そんな確信が湧いてきました。

エリア52でブラック・ヘリに追われる

さて、スキップジョーンズさんが最後に教えてくれた、

「エリア52はチャイナレイクにある」

という情報ですが、調べてみると信憑性が高いことがわかりました。

カリフォルニア州ロサンゼルスの少し東側にエドワーズ空軍基地があり、そのさらに東に「チャイナレイク」という、干上がった塩の湖があります。そこに、「海軍兵器研究所」というアメリカ海軍の研究施設があったのです。スキップジョーンズさんが最後にこっそりと教えてくれたその場所にぜひ行かなければと、次の年にアメリカで開催された国際学会に参加したとき、レンタカーでチャイナレイクへと向かいました。

初めて訪れたチャイナレイク海軍兵器研究所には、エリア51と違って大きなゲートがありました。しかし、警備兵が誰もいないうえに、離れたところから監視をしている兵隊さえ見当たりません。

そのときも、助手の女性がいっしょにいましたが、やはりこれまでのエリア51での緊迫した経験などから、こんな状況にも慣れてきていました。乗っていたレンタカーで突入してみようかと聞いたところ、やりましょうと笑ってくれたので、思い切ってゲートから侵入してみたのです。

ところが、追跡されるどころか、まったくなにも起きないので拍子抜けしてしまいました。そのままずっと進むと、内部はとても広くて山などもあり、山手線の内側くらいはあるかと思われました。

地図もないので、とにかくどんどん進むと、今でいう太陽光発電所のような設備がありました。巨大なソーラーパネルのようなものが数キロメートル四方に整然と並べられていたのですが、当時は太陽光発電装置など地上ではポピュラーではなかった頃です。

帰国してから調べてわかったことですが、それは空の全容を探るための半導体アレイ・レーダーと呼ばれる装置でした。UFOがアメリカ西部のどこに現れても必ず見つけられるという、広域の全方位レーダーだったのです。通常のパラボラアンテナを回転させるレーダーでは、キャッチできる範囲が狭く、上空のすべての方角を常にカバーすることはできないのです。

こんなところになぜこんなものが、と思いながらさらに奥に進むと、今度は複数の通常型レーダーアンテナが、大きな谷の中に設置されていました。危険なので車外には出ませんが、その中の1つに車で近づいて、運転席側の窓を開け、細部まで眺めていたのです。

そのとき、人の気配がしました。しかし、周囲を見渡してもジープなどの警備車両はありません。それでいながら、なにか視線を感じるのです。

なんとなく見上げると、真上にヘリコプターが無音でホバリングしていました。普通のヘリコプターは、ローターを回して飛んでいるときには必ず大きな音がしますし、風も起こります。

しかし、このときのヘリコプターはまったくの無音で浮かんでいたのです。

それは、ＵＦＯフリークの間でよく囁かれている通称「ブラック・ヘリ」と呼ばれる黒い塗装のヘリコプターで、アメリカでＵＦＯの研究を秘密裡にしている施設に一般人が近づくと、必ず現れて威嚇飛行しながら追い払うのが任務のようです。

おまけに、見上げたときに、パイロットと目が合ってしまいました。

即座にギアをドライブに入れ、タイヤを鳴らしながら走り出しました。今回はジープではなくヘリコプターが相手なので、またたく間に追いつかれ、常にほぼ真上の少し後ろの位置を飛んできています。助手の女性が、

「まだ上にいます」

と叫ぶので焦っていたら、前方にトンネルが見えてきました。

「よし、トンネルの中にはヘリは入れないぞ！」

まるで、ハリウッドのアクション映画『ミッション・インポッシブル』の場面です。トンネルに入るとき、ブラック・ヘリが山越えをしようとしているのがわかりました。咄嗟に閃《ひらめ》いた僕は、トンネルに入ってすぐに車を

チャイナレイクの海軍兵器研究所にあった通常型レーダーアンテナ施設

ブラック・ヘリ

Uターンさせます。

案の定、ブラック・ヘリはトンネルを抜けたところで待ち構えていたようで、こちら側には姿はありません。うまくブラック・ヘリをまくことができたので、走ってきた道のりを逆にゲートに向かって猛スピードで車を走らせました。

すると今度は、ジェット戦闘機が2機、どこからともなく現れてきたのです。威嚇のためか、交互に低空飛行でものすごい爆音を響かせてきます。

必死で運転しながらも、ふと、我々不法侵入者を中に閉じ込めるために、最初に入ってきたゲートが閉じられてしまったのではないかという不安がよぎりました。

その瞬間、

「閉じていたら、もう終わりだ。２人とも拘束されて尋問を受けることになるかもしれない。すまないが、覚悟しておいてくれ！」

などという恐ろしい台詞が口を衝いて出てきてしまったくらいです。

とにかく、猛烈な勢いで走り続けました。封鎖されているだろうと考えていたゲートでしたが、到着してみると、なんとありがたいことに開いたままだったのです。

しかも、ゲートから我々を外に出さないように銃を構えて制止しようとしているはずの警備兵たちの姿もありません。

「やった！　ラッキー、ラッキー！！」

と、一目散に外に飛び出しました。海軍兵器研究所の敷地から外に出てしまえば、もうブラック・ヘリもジェット戦闘機も追跡してはきません。

この追跡劇から、スキップジョーンズさんとマクモニーグルさんが教えてくれたとおり、このチャイナレイクにある海軍兵器研究所が「エリア52」なのだと確信しました。アメリカ政府は、現在はそこでＵＦＯと宇宙人についての研究を秘密裡に行っているはずです。

追跡してきた無音ヘリコプターですが、おそらく宇宙人から提供された技術を使って作られたに違いありません。そのブラック・ヘリ自体はこのとき目撃できましたが、実際にアメリカ軍が運用してるＵＦＯそのものを見たわけではありません。それが悔しく、心残りです。

宇宙人に助けられてがんから生還

その後も、またエリア52に行きたいと思っていたのですが、どういうわけか僕は突然がんになってしまったのです。手術中に一度死んだのですが、うまく蘇生してもらって生還し、そのおかげで人生が劇的に変わりました。

アメリカで救急外科医をしていた、スティーブン・グリア博士という人物がいます。そのグリア博士が著書『ＵＦＯテクノロジー隠蔽工作』（めるくまーる）に書いているのですが、宇宙人やＵＦＯに興味を持って調査を始めたり、その情報を開示しようとしていることをアメリカの「影の政府」が阻止しようとするとき、宇宙人のテクノロジーを研究することによって開発された、特殊な殺傷兵器が使われることがあるそうです。その兵器が放つ電磁パルス波で撃たれた人はがんになり、通常は短期間のうちに死んでしまうそうです。

僕の場合は、ある日突然便が出なくなり、お腹が妊婦のように膨れ上がりました。総合病院の救急外来で診てもらったところ、かなり進行した大腸がんが発見されました。がんが大きくなって腸を圧迫し、便が滞っていたためにお腹が膨れていたのです。すでに腸壁に亀裂が走っていて、とても危険な状態でした。もし腸壁が破れたら大量出血で即死となるため、あと1日手術が遅れていたら手遅れだったそうです。

そして、2時間の予定の緊急手術が6時間にまで延びてしまっただけでなく、手術途中でバイタルが消失する心肺停止状態となるなど、そのまま死んでいてもなんら不思議はなかったのです。

それにもかかわらず無事に生還することができたのは、執刀医や主治医の先生方がなんとか蘇生させてくださったのはもちろんですが、実はこの世のものとは思えない看護師さんが助けてくださったからだと確信しています。その看護師さんは、救急病棟からストレッチャーで手術室まで運ばれていく途中、この僕にしか見えていませんでした。

そう、昔からの表現では「天使」、現代では「宇宙人」と呼べる存在だったのです。

その看護師さんは透きとおるような肌をしたとても美しい女性で、この世のものとは思えない神々しさがありました。他の2人の看護師さんがストレッチャーの頭の部分と足先の部分を持って運んでくださる間ずっと、ストレッチャーの横で僕の手を握りしめ僕の顔を心配げに覗き込んでくれていたのです。

そして、滅菌状態の手術室に患者を横になったまま搬送するトンネルのベルトコンベアーに僕を乗せたとき、その美しい女性が僕の目を見つめたまま両手を握って、

「大丈夫ですよ、心配ありません。必ず戻ってこられますから、安心してください」

と声をかけてくれたのです。まるで、これから始まる手術の中で僕が1度は死にかけるけれども、必ず生還できるということを必死で伝えてくれていたかのようです。

手術が終わって集中治療室で管理されていたときも、その後に一般病棟の病室に移されてからも、その美しい看護師さんに感謝したいと思っていました。いつかは彼女が病室に現れてくれるはずだと考え、今か今かと待ち続けていたのです。

ところが、いっこうに姿を見せる気配はありません。ストレッチャーの前後にいた2人の看護師さんたちは隔日くらいのペースで巡回してお世話くださっていて、お名前も覚えることができたのに、あの3人目の看護師さんだけは、まったく顔を見せてくださらなかったのです。

ある日のこと、僕はその2人の看護師さんに聞いてみました。

「救急病棟から手術室までストレッチャーで僕を運んでくださったときに、僕の右横に立ってずっとついてきてくださったもう1人の看護師さんのお名前はなんとおっしゃるのですか？　あれからまったくお顔を拝見しませんが、ひょっとして退職されてしまったのですか？」

一瞬怪訝な表情で互いに顔を見合わせた2人の看護師さんは、すぐに笑いながら答えてくれました。

「あのときは私たち2人だけで、他には誰もストレッチャーの横に立ってはいませんでしたよ」

むろん、僕は我が耳を疑いました。なぜなら、そのときも、そして十五年以上も経った今でもなお、この僕の手を強く握りしめてくださっていたその優しい看護師さんのきめ細かい手や指の感触だけでなく、僕の顔を覗き込むようにして見つめて勇気づけてくださっていた美しい顔を、つい昨日のことのように思い出すことができるのですから。なのに、そんな看護師はいなかったと断言されてしまったのです。

ということは、その美しい女性の看護師さんは、僕以外の人たちには見えていなかったということになります。そして、そんなことが可能であるためには、その女性は普通の人間ではなく宇宙人か天使などと呼ばれる存在だったに違いありません。

今では、僕自身その女性の尋常ではない美しさと現れたタイミングからして、宇宙人、特に金星人だったのではないかと考えています。その理由については、最後に「あとがきに代えて」のところでお伝えするつもりです。

便が出なくなって1ヶ月ほども放っておいた僕もいけなかったのですが、便秘の原因である、腸が閉塞するような大きながんができてしまったのは本当に突然のことでした。普通は徐々に大きくなっていき、その途中でも腸壁出血による血便とか、なんらかの予兆があるはずです。毎年の健康診断や人間ドックを欠かさなかったにもかかわらず、そのような兆候はなにもありませんでした。

ここにきて、グリア博士が著書『UFOテクノロジー隠蔽工作』でカミングアウトなさった事実がクローズアップされてきます。グリア博士は、アメリカの影の政府が宇宙人のテクノロジーで実用化した電磁パルス波兵器によって、突然にがんを患ってしまったといいます。

ひょっとすると、エリア52のブラック・ヘリに追跡されて逃げている間に、グリア博士のように電磁パルス波を照射されて急にがんになったのかもしれません。

スティーブン・グリア博士は、毎年ノーベル物理学賞の候補にノミネートされる日系アメリカ人の理論物理学者ミチオ・カク博士とともに、アメリカ政府に対してこれまで隠蔽されてきたUFOや宇宙人に関する情報を開示するよう求めています。その1つが電磁パルス波兵器であり、その放射によってなんの兆候もなかった健常者に急にがんが発症し、そのがんで亡くなったとしても、一般にそれは殺されたとは認識されません。単にがんで死亡したということになるだけです。

チャイナレイクの海軍兵器研究所にあるエリア52の探検から戻って数ヶ月後だったの

です、僕が進行した大腸がんで生死の境をさまよったのは……。

デンバー空港の地下にかくまわれている宇宙人

コロラド州のデンバー空港の地下に秘密基地があり、宇宙人がいるという話も最近ではよく聞きます。数年前のことですが、そのデンバー空港の地下施設で宇宙人といっしょに働いていたという、元アメリカ中央情報局（ＣＩＡ）局員のポール・ベネットさんというアメリカ人に会うことができました。

東京都港区の南麻布には「ホテルニュー山王」というアメリカ軍の関係者しか入れないホテルがあります。入り口には拳銃を持った警備員が数人常駐していて、入り口にはアメリカ国旗が掲げられており、大使館と同じ治外法権扱いの施設です。

そこでお会いして、デンバー空港の地下には宇宙人がいて、アメリカ政府の役人や軍関係者などが宇宙人の最先端テクノロジーを密かに研究していること、エリア51とエリア52にも地下通路を走るリニアモーターカーに乗っていくことが可能になっていることなどを話していただけました。写真は絶対に持ち出せないので、彼はすべてをスケッチにして記録していたそうですが、このときには宇宙人のスケッチやＵＦＯのスケッチなどを数枚見せてくれたのです。

それらのスケッチを見せながら、ベネットさんは僕が知らなかった最新の宇宙人情報を語ってくれました。それによると、デンバー空港の秘密地下施設にいる宇宙人は出身星系から逃れてきた王族一家で、アメリカ政府に高度に進んだテクノロジー情報を教える見返りに厳重にかくまわれているとのことです。背丈は３メートルを超え、一見して爬虫類が進化したような姿形をしていたといいます。確かに、見せてもらったスケッチからもそのように見受けられました。

王や女王にあたる宇宙人の存在感は半端ではなく、そばにいるだけですべてを見透かされているようで恐怖感を抱いてしまうほどだったそうです。

ホテルニュー山王

ベネットさんの任務は主に警備担当だったために、地下施設の中の隅々にまで目を光らせていたのですが、チャンスがあればこれはというものを個人所有の小型デジタルカメラで撮影していたそうです。数年後に他の勤務地に移動になったときのために、記念にと思って軽い気持ちで撮り貯めていったとのこと。

ところが、休暇のときに1週間分の写真ファイルを見返していたところ、不思議なことに気がついたそうです。外部に流出してはまずい写真ファイルの映像だけが、開いて見ると薄くボンヤリとなってしまっていて、日に日にもっと薄くなっていったとのことです。最後にはまったくなにも写っていない写真ファイルになってしまい、これでは後日に他の人に見せてもなんの証拠にもなりません。

デンバー空港の地下施設で見た
王族の宇宙人のスケッチ

見ることができたすべての宇宙人のスケッチ

円盤形ＵＦＯのスケッチ

三角形型ＵＦＯのスケッチ

そんなことがあってからは、機密性の高い宇宙人やＵＦＯなどに出くわしたときには、写真ではなくスケッチで記録することにしたそうです。紙にペンや鉛筆で記したスケッチは、写真ファイルのようにだんだんと薄くなっていくことはなかったからです。

アメリカ政府の背後には、このように進んだテクノロジーを提供する宇宙人の影が常にあって、宇宙人同士で戦っている場合もあるそうです。デンバー空港の地下、もしくはエリア51とエリア52にいる宇宙人に対して敵対する宇宙人も存在します。

そのような宇宙人はＵＦＯに乗って、たいていは宇宙から大気圏を通って攻撃してくるのだそうですが、あるときは、メキシコ湾の海面下に潜ってやってきました。

実はメキシコ湾の海底にＵＦＯの出入り口があり、敵対する宇宙人がそれに感づいて攻撃を仕掛けてきたそうです。そのとき、ベネットさんにも出動命令が出て、海底警備用の１人乗りの戦車のような潜水艇に搭乗して宇宙人同士の戦いに巻き込まれてしまったそうですが、幸いにも生きながらえることができました。

出動時に彼が乗った潜水艇の耐圧窓から撮影したという、爆発炎上する海底設備の写真も何枚か見せてもらえました。

アメリカ政府は、そのときの宇宙人同士の戦いによる海底施設の爆破炎上について、英国のブリティッシュ・ペトロリアム社が保有するメキシコ湾の海底油田が火事になったと、嘘の報道をしたのです。そのときは、海底油田から出火と同時に原油汚染が広がったために、ブリティッシュ・ペトロリアム社に多額の損害賠償を求めるといったことが１週間ほどニュースになりましたが、それ以降はパッタリと、なにも報道されなくなってしまいました。普通なら、海底油田に火がついたらなかなか消すことができないため、かなりの長期間燃え続けるはずです。それが、わずか１週間後に消えて、それ以降はまったくニュースにもならなくなりました。

消火作業もなにもしないうちに、海底油田の火事は勝手に消えたことになっていたのです。これは、ずいぶんときな臭い話です。世界中がアメリカ政府が流した偽りの情報を信じることになったわけですから……。ベネットさんからこのような極秘情報がもたらされなかったならば、僕もあれは単に海底油田の火事だったとしか考えていなかったでしょう。

このように、どういうわけか僕のところにUFO

a

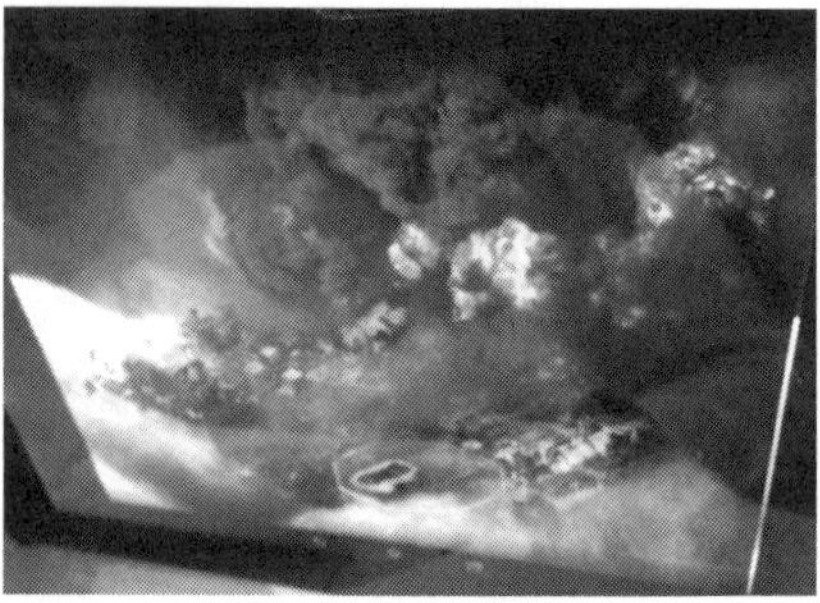

b

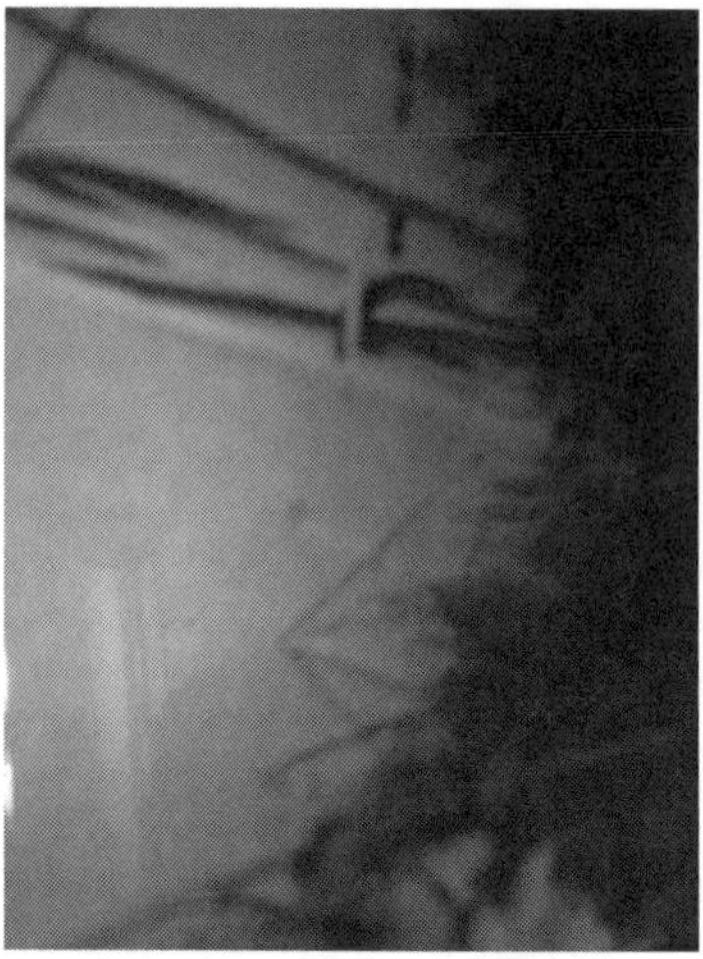

潜水艇の耐圧窓から見た海底設備の
爆破炎上（a）と破壊された海底施設（b）

や宇宙人についての隠された情報がどんどんと集まってきたのです。アメリカのエリア51やエリア52だけではなく、デンバー空港の下やメキシコ湾の下にまで宇宙人の基地があるといったように。

陸軍特殊部隊で運用されているＵＦＯ

コロラド州といえば、州都デンバーの南１００キロメートルくらいのところにコロラドスプリングスという街があります。そこには、アメリカ空軍士官学校がありますが、よくＵＦＯが目撃されるところでもあります。日本ではあまり知られていませんが、コロラドスプリングスにはアメリカ合衆国の防衛産業や航空宇宙産業の一大拠点があり、複数の空軍基地の他にも陸軍特殊部隊（グリーンベレー）の基地もあるところです。頻繁にＵＦＯが出現するのは、そのような防衛航空宇宙産業の研究施設や、空軍基地と陸軍基地の上空で、ときには空軍のジェット戦闘機がＵＦＯを追尾したり、逆にＵＦＯに追われたりする光景までもが目撃されています。

コロラド州フォートカーソンにあるアメリカ陸軍特殊部隊の常駐基地の司令官で、あと1ヶ月で定年退役を迎える人物がいました。基地には、司令官が退役するときにはどんなことでも願いをかなえてもらえるという長年の伝統があったそうです。多くの場合、ケーキを乗せた台の中に隠れていた女性ダンサーが飛び出してくるといった程度の祝賀パーティーで、若い将校たちが喜んでくれるようなことを実現することになるのですが、その司令官は違っていました。なんと、長年世話になった庭師の日本人男性に、米軍の中でもトップシークレット中のトップシークレットとなっていた米国製UFOの飛行を間近で見てもらいたいと希望してしまったのです。

むろん、普通であればそんなことが許されるわけはないのでしょうが、幸いなことにアメリカ陸軍の頂上に位置する特殊部隊が誇る伝統を崩すことはもっと許されないことだったようです。なんと、その司令官が望んだように、その庭師はデンバー近郊の基地の中でアメリカ製のUFOが飛び立つ様子を目撃してしまうのです。米軍関係者ではない一般人、しかも日本人であるにもかかわらず！

当然ながら、基地で目にしたすべては他言無用と、何度も強く念を押されてはいたそうです。しかし、その直後に夏休みで東京に戻っていた庭師は、アメリカ国内でアメリカ人の友人たちにその話をするのはまずいと思ってはいても、遠い東京の下町でしかも日本人の知り合いに話すのならなにも問題はないと気楽に考えてしまったのです。

そのおかげで、ＵＦＯの飛行原理が瞬間移動によるものだという最新情報が、僕のところにもたらされることになったのです。

ところが、大変残念なことに庭師にトップシークレットのＵＦＯ飛行現場を見せた基地の司令官夫妻が、２人ともそれぞれ別の車を運転していたときに、原因不明の交通事故でこの世を去ってしまう結果となってしまいました。

もちろん、地元の警察は単なる事故として処理してしまったのですが、庭師が東京でアメリカ軍が運用しているＵＦＯの目撃談を話してしまったことが原因で、司令官がその責任を取らされてしまった可能性は否定できません。すでにお伝えした現代のＵＦＯが瞬間移動という飛行原理によって飛行しているという貴重な情報は、実はそんな犠牲のうえに得られたものなのです。

基地の中で庭師が見たのは巨大な円盤型のＵＦＯで、銀色に輝く機体は格納庫から牽引されて駐機場に止まっていたそうです。機体の下からはタラップのようなものが斜めに降りていて、そこから一個小隊程度の完全装備の特殊部隊全員が乗り込んでいったとのことです。その後タラップが収納され、しばらくするとその円盤型の機体からブーンという金属音が聞こえてくるようになったといいます。

そのとき、隣に立っていた司令官が、少し興奮気味に庭師に向かって声をかけてきました。

「いよいよ、これからが見物だぞ！」

金属音がますます大きくなり、そろそろ巨大なＵＦＯが滑走路に向かって滑走していくのかと思った庭師は、目を離さないようにしてじっとＵＦＯの機体を見つめていました。すると、不思議なことに銀色に輝いていたＵＦＯの機体のところどころが透明になって、向こう側が透けて見えるようになったのです。

目の錯覚かと思い頭を振ってから再び凝視したときには、巨大なＵＦＯの機体の９割くらいの部分が半透明になっていて、ブーンという金属音が最高潮に達していました。

そして、その次の瞬間のことです。巨大な機体全体が完全に透明になったかに見えたと同時に、足下からお腹の底にまで響きわたるドコーンという激しい衝撃音が伝わってきて、立っているのがやっとの突風が前後から交互に身体にぶつかってきたのです。

驚いて司令官の顔を見ると、どうだすごいだろうという表情のままで、

「あの一個小隊はもう、中近東の目的地に到着しているはずだよ」

とウィンクして見せるではありませんか。

そうです。そのときの庭師の貴重な体験を通してはっきりとわかったことは、現代のアメリカ軍が秘密裡に完成させて運用段階に入った円盤型のＵＦＯは、空間の中を連続的に飛行するものではなく、出発地点と到着地点の間を瞬間的に移動してしまうものだったということです。駐機場に止まっていた巨大なＵＦＯの機体は周囲の空気の分子を押し退けてその出発地点に存在していたわけですが、そのＵＦＯが瞬間的に出発地点から消えて到着地点に移動してしまうため、出発地点には一瞬の間だけＵＦＯの大きさの真空領域ができ、次の瞬間に周囲に押し退けられていた空気の分子がものすごい勢いでその真空領域に吸い込まれる爆縮現象が起きてしまうわけです。その爆縮に伴う空気の衝撃波がドコーンという激しい衝撃音と空気振動を誘発し、比較的近いところに立っていた庭師の身体を大きく揺さぶる結果となったと考えられるのです。

モントーク岬からメン・イン・ブラックに追跡される

アリゾナ州のツーソンであった国際学会のパーティーで出会ったマクモニーグルさんとスキップジョーンズさんは、エリア52がチャイナレイク海軍兵器研究所の中にあることを教えてくれただけではありませんでした。

一時封鎖されていたニューヨーク州にある地下秘密研究施設についても、最近になって封鎖解除になり、極秘に研究活動が再開されたと教えてくれたのです。

ニューヨーク州のマンハッタンから東に車で3時間ほどのところに、大西洋に面したモントーク岬があります。

その岬の地下に極秘の研究施設があって、2人はそこで働いていたこともあったそうです。当時、ソ連とアメリカが冷戦状態にあった中で、超能力者が相手国の政府の建物内を透視し、相手国の中枢でどういった議論や密談がなされているかを探るという研究が進められていたのです。

そのときに、マクモニーグルさんが超能力者として透視の命令を受け、スキップジョーンズさんがマクモニーグルさんの安全をフォローしながら細かい指示を出して透視実験をしていたそうです。

あるときの実験中、マクモニーグルさんは、目標地点とは違うところを透視していたことに気がつきました。どう見ても、目標だったモスクワのクレムリン宮殿の内部ではないような場所を、なぜか透視してしまったようです。

スキップジョーンズさんが透視中のマクモニーグルさんに、どこにいるのか、周囲になにか見えるかと聞いたところ、地球上では見たこともないような設備が並んだ不気味な雰囲気で、どうも危険なところのようだと答えます。周囲を見渡すように透視していくと明らかな宇宙人の姿が見えて、どうやらそこは巨大なUFOの中のような感じでした。さらに見渡す範囲を広げていくと、それは地球周回軌道上にあるUFOの母艦であり、なぜかマクモニーグルさんはその中を透視してしまったのです。

そこで、スキップジョーンズさんは、そのUFO母艦の内部構造を探るように指示しました。それに従ってマクモニーグルさんが透視で艦内を探っていたところ、UFOの中にいた宇宙人たちが、今ここに地球人の霊体が来ていると気づき始めました。人間と違い、感覚が鋭いのです。

ＵＦＯの宇宙人たちはすぐさま逆探知をかけて、マクモニーグルさんの霊体が離れた肉体がモントーク岬の地下にあり、そこでスキップジョーンズさんの部隊が、密かにＵＦＯ内部に探りを入れているということを突き止めたそうです。

そのとき、危険を察知したスキップジョーンズさんは、マクモニーグルさんの意識を戻して霊体をＵＦＯから肉体へと帰還させ、すべてを詳細に聞き出していました。

そして、危機的状況の打開策を話し合っていたとき、地球周回軌道上のＵＦＯ母艦から、戦闘部隊のような宇宙人が大勢モントーク岬の地下施設に突如出現したのです。

まさに、瞬間移動によって転送されてきたのでしょう。地下施設の中で警備兵と争いとなり、一時はなんとか制圧することができました。ですが、宇宙人側はいくらでも追加の戦闘部隊を送り込んでくると思われたため、最終的にはモントーク岬の地下にあった研究施設を完全に閉鎖してしまったそうです。

スキップジョーンズさんは、その研究施設が最近再び稼働し始めたという話をしてくれたのです。

その頃、僕はエリア51にばかり行っていて、興味がすべてそこに向けられていたため、彼らも今はエリア52に行くべきだよとほのめかしてくれたのだと思います。

そして実際にエリア52を探検に行ってみると、尋常ではない設備を見つけてうろうろしていたところ噂に聞くブラック・ヘリに追跡されてしまったわけです。

そんな体験から、スキップジョーンズさんとマクモニーグルさんが本当のことを教えてくれていたのだとわかってきたため、ニューヨークのモントーク岬にも行かなければと思い始めていました。


ちょうど、そんな頃のことです。近所の旧知の男性から、

「娘がアメリカのボストンに行っているので訪ねたいのだが、外国旅行などしたこともないので1人では心もとないからつきそってくれないか」

と依頼され、急遽アメリカ東海岸に行く機会を得たのです。

そして、ボストンで彼を娘さん会わせてからすぐに、ニューヨークに向かいました。

目的は、もちろんモントーク岬に行ってみることです。その岬の沖からは、頻繁にUFOが現れてくるのが目撃されていたことは以前から知ってはいました。ただ、それだけでは実際に行ってみようとまでは思えませんでした。

それが、スキップジョーンズさんとマクモニーグルさんが教えてくれたモントーク岬の地下にある秘密研究施設での宇宙人がらみの出来事に興味を持ったとたん、どうしても行ってみたいと思い始めていたのです。

マンハッタンの中心部のホテルからレンタカーでモントーク岬に向かうと、エリア51の再現のように、これ以上は立ち入り禁止という看板が掲げられたゲートがありました。しかも、ゲートの内側には監視員の詰め所までもがあったのです。これではゲートを通過しようとした時点で簡単に制止されてしまいます。

しかし、今回はご近所の男性と僕との男2人ということもありますし、まあ、ここで拘束されてもいいか、となかば覚悟して入ってみることにしました。車は脇に止め、歩いて中に入ると、すぐに海岸が開けました。砂浜を進んでいくと、向こうから話し声と足音がしてきたのです。警備兵かもしれない、と2人で茂みに隠れましたが、スリル満点でした。

幸い、彼らは僕ら2人に気づかずに通り過ぎていきましたが、安堵するのもそこそこにして、

「警備兵が来るということはその先になにかがあるに違いない」

と、警備兵がやってきた方向へ歩いて行きました。

すると、ゲートのところから木の電信柱がずっと並んで立っていたのですが、その最後の電信柱からケーブルが降りてきていて砂浜の地面の下に潜るようになっていました。その電信柱は古いのですが、不思議なことにケーブルが妙に新しいのです。よく見ると、太いケーブルの

モントーク岬にあった機密研究施設のゲート

束はまさしく新品でした。

すでに封鎖されて廃棄された地下施設なら新しい電源ケーブルや通信ケーブルの必要はないはずなのですが、地面に潜っていくケーブルまでもが新しく敷設されたものだと見て取れました。それに、警備兵までもが巡回していたのですから、地下施設が現に稼働していることはほぼ間違いありません。

やはり、マクモニーグルさんたちが、昔、宇宙人と争いがあり、その後、閉鎖してコ

ンクリート詰めにしたといっていた施設がこの地下にあり、今では再びなんらかの機密研究が始まっているのではないでしょうか。どこかに地下への入り口があるはずだと2人で探してはみたのですが、不思議なことにどこにも見つかりません。

気がつくと、もうかなり時間が経っていました。急に不安になった僕は連れの近所に住む男性に向かって、

「あのゲートが閉まったら出られなくなるかもしれない」

と伝えて、2人で茂みに隠れるようにしてゲートまで戻ったのです。幸いにもゲートはまだ開いていて、しかも警部兵の詰め所も無人のままでした。僕は安堵して車を走らせ始めました。

モントーク岬にあった地下機密研究施設への新しい地下引き込みケーブル

エリア51の砂漠で深夜のカーチェイスを体験してからというもの、僕は車を運転するとき、必ず頻繁にルームミラーを見るようになっていました。むろん、そのときも例外ではありません。

すると、ルームミラーに真っ黒なキャデラックの大型

セダンが映っていました。

ハリウッドのSF映画『メン・イン・ブラック』で描かれて一般にも知られるようになったのですが、アメリカ政府の極秘組織のエージェントで宇宙人やUFOについて研究している秘密施設に近づこうとしている人間を追い払ったり脅したりする、黒いスーツ姿の男たちが存在することは、UFOフリークの間では周知の事実です。

そのようなエージェントは文字どおり「メン・イン・ブラック」と呼ばれ、UFOや宇宙人についての機密情報を探ろうとしている民間人にとっては危険な存在だと考えられています。

その「メン・イン・ブラック」が乗っているような、黒いキャデラックのセダンが僕の車の後ろを走っていたのです。運転席と助手席に着目すると、確かに黒ずくめの服装のようでした。

まさか、本当にメン・イン・ブラックに追いかけられることになるなんて！　僕は、我が目を疑ってしまいました。さらには、真っ黒なキャデラックで追いかけてくるのは、映画の話だけじゃないんだと思いました。

でも、本当に後をつけてきているのかどうかを確認したくなったので、試しに宿泊先のホテルがあるマンハッタン中心部に向かっていた途中、脇道を無駄にぐるりと1周して再び先ほどの幹線道路に戻ってみたのです。案の定、黒塗りのキャデラックは僕の車の後ろをずっとついてきたのです。これで、追跡されていることが確実になりました。

車内では、このままホテルに帰ると、おそらくホテルの宿泊者名簿で身元がわかってしまうので危険だという話になりました。でも、いつかはホテルに帰らなければ、我々も落ち着くこともできません。いったいどうやったら後ろの車の追跡をかわせるかと、運転しながらずっと考えていました。

マンハッタン中心部にだんだんと近づいてきて、交通量が増えてきても、黒いキャデラックは後ろにピタッとついてきていました。

そのとき、ふとハリウッド映画のワンシーンを思い出したのです。こういうときは、あのアクション映画の主人公と同じことをすればよいのだと！

それは、こんなシーンでした。

交差点に差し掛かるときに青信号が見えていても、わざとゆっくり近づいていくのです。そして、交差点に差し掛かる直前に信号が赤になるとき、ブレーキを踏むとブレーキランプがつきます。それを見て相手も停まるので、その瞬間、アクセルを踏んで急発進です。

信号無視になってしまいますが、追跡してくる車を引き離す方法は他には考えられませんでした。意を決して前方の信号に向かい、信号の手前でちょうど赤信号になってブレーキを踏んで停車させる動きを見せた後、一か八かで思いっきりアクセルを踏み込んだのです。クラクションを鳴らしながら交差点の中を赤信号で進むうちに、横から他の車が出てきますが、かまわず加速します。

それを見て、メン・イン・ブラックが乗った黒塗りのキャデラックもあわてて交差点に進入しますが、我々の思惑どおりイエローキャブがキャデラックの脇腹にドカーンと突っ込んでしまいました。

まるで、映画そのものです。事故になっても、メン・イン・ブラックは追跡しようとしてくるのですから。

ところが、その後ろを、イエローキャブの運転手も、逃がすものかと追いかけました。僕の車はもうかなり引き離してはいましたが、三者三つどもえの様相を呈していました。助手席に乗っていた近所に住む男性が後ろを向いたまま、刻一刻と変化する後ろの状況を逐一教えてくれる間、僕はかなりのスピードでマンハッタンを飛ばしていきました。

イエローキャブの運転手は、ここで事故の責任を被せられたら免許を取り消され会社もきっとクビになってしまうと考えたのか、強引に黒いキャデラックの前に回り込んで停止させました。すぐにイエローキャブの運転席から降りてきたのは、ターバンを頭に巻き付けたインド人の運転手だったそうです。我々2人はガッツポーズをしながら、華麗に走り去りました。

インド人の運転手さんには申し訳なかったのですが、ともかくこうしてメン・イン・ブラックの追跡を振り切った我々は、滞在先のホテルを知られることなく逃げおおせたのです。

黒塗りのキャデラックが、あれほどしつこく追いかけてくるということは、モントーク岬の地下で知られては困る研究が秘密裡に進められているに違いありません。

もともとは、スキップジョーンズさんの指揮の下でマクモニーグルさんが透視能力によって宇宙船に入り込んだり、旧ソ連のクレムリン宮殿に忍び込んで情報を集めていたような施設なので、現在活動を再開した研究内容もその延長ではないかと思います。UFOを作るといったような、単純なものではないのではないでしょうか。

縄文人はレムリア大陸から脱出した金星人だった

昭和天皇が、第2次世界大戦末期に原爆初号機を搭載して東京に向かっていたアメリカの大型戦略爆撃機B-29を消した神道の秘術を、その後、アメリカ政府はずっと秘密裡に研究していました。

終戦後まもなく、物理学者ニコラ・テスラから研究を受け継いだ数学者ジョン・フォンノイマンの指揮の下、フィラデルフィア軍港で行われた実験では失敗した計画も、今からつい5年ほど前についにその装置を完成させ、マレーシア航空の旅客機を消滅させるのに初めて使用したことは、すでにお伝えしたとおりです。

ニューヨーク沖にあるモントーク岬の地下で現在進行形で行われている研究は、それと同じ類のものではないかと僕は睨んでいます。いったんは封鎖されていた地下研究施設を再び使用するよりも、どこか他の目立たない場所に新たに造ったほうが簡単で規模もずっと大きなものにすることができます。

にもかかわらず、わざわざ余分の予算をつぎ込んでまでモントーク岬にこだわる理由があったのでしょうか？

実は、神道の場合もそうですが、神社を建立するような場所はどこでもよいわけではありません。龍穴があるとか、地磁気的にレベルが高いとか、地球の大事な場所である必要があるのです。

例えば、宇宙人が使う、ＵＦＯの出入り口になるような「スターゲート」では、それにふさわしい特定の場所、空間があるのです。

日本でも、近江神宮の禁足地にスターゲートがあり、そのために京都市中心部から眺めていると比叡山の右上あたりに頻繁にＵＦＯが目撃されることになります。

第２次世界大戦中に戦勝を祈願するために神宮を建立する場所として選ばれた「大津京」跡地が、実は宇宙人にとってもＵＦＯの瞬間移動のための出入り口として使用する「スターゲート」が存在する場所と一致するのも不思議な話です。

そして、モントーク岬の地下研究施設には、地球周回軌道上のＵＦＯ母艦から宇宙人の戦闘部隊が転送されてきて、基地の警備兵との間で戦闘が繰り広げられたとスキップジョーンズさんが教えてくれたことや、モントーク岬ではＵＦＯがよく海中から出ていくという目撃談が多々あったことからすると、モントーク岬の地下もまた近江神宮の禁足地と同じ龍穴になっているのかもしれません。

だからこそ、ＵＦＯなど宇宙人の先進的なテクノロジーの研究には、モントーク岬の地下が最適な場所となっているのではないでしょうか。それが、閉鎖されていたモントーク岬で再び機密研究活動が始まった理由に違いありません。

ＵＦＯや宇宙人にまつわるいろいろな直接的体験が積み重なって、もう15年になります。がんになって死にかけ、それから神道や陰陽道など、霊的な世界にも開眼しましたが、今となっては、それらが全部、つながってきているように感じられるのです。

そして、ＵＦＯの飛行原理など宇宙人が日常的に用いているテクノロジーと根が同じだと思えるのが、天皇、あるいは神道家や陰陽師、さらには密教僧侶が具現する神通力や法力などです。

それを、アメリカ政府はこれまで、電子的な機械でやろうとしてきました。

それが、ＩＢＭの人工知能研究と相まって「ＡＩエンペラー」としての一応の完成を見ただけでなく、その凄まじいまでの威力をマレーシア航空事件で目の当たりにしてしまったのです。当然ながら、その研究に携わってきた物理学者たちの中には、このまま人工知能が暴走してしまうことになったら人類が消滅させられてしまうことになると危険視する動きも出てきたはずです。

そこで、将来のいつの日にか人工知能が「ＡＩエンペラー」を人類抹消のための道具に使い始める可能性に対処するため、モントーク岬の新しい地下研究施設で今度は人工知能などのコンピューターシステムに頼らない、天皇や陰陽師といった現人神となることができる人物の霊的な能力だけで、宇宙人のように進化したＵＦＯテクノロジーを操る機密研究を始めたのだと考えられるのではないでしょうか。

これは、これまでアメリカの各地にあるＵＦＯや宇宙人についての機密研究施設を探検し、様々なことを見たり、聞いたり、調べたりしたうえでの僕の直感です。

機械やコンピューターの限界を知ってしまったということもあるのでしょうが、ある特定の場所にこの特別の機械を設置しなければならないといった、地球環境に特有の物理的な拘束もあるのかもしれません。

ところが、人間には限界がありません。現人神にさえなってしまえば、いつでもどこでも神通力のような驚くべき能力を引き出すことができるのですから。

アメリカ政府の裏でうごめいている陰の政府の人たちも、ここにきてやっと、機械に頼らないほうがよいと気づいたのではないでしょうか。

アメリカはプラグマティズム（実用主義）の世界、共産主義革命後のロシアは特に唯物論の世界ですから、やはり、物とか機械に頼ろうとする傾向があります。

しかしその限界に気づいたのか、それとも宇宙人に教わったのかはわかりませんが、今や、日本のやり方が本来のものだとわかったのではないでしょうか。日本人は、宇宙人の末裔だといわれているくらいですから。

ＹＡＰ遺伝子を持つ人種は、日本人とモンゴル人だけです。諸説ありますが、ＹＡＰ遺伝子の特徴を見ると、原初、つまり人類発生の一番の大元だということが理由で宇宙人の末裔だと考えられているようです。

この遺伝子を持つ民族は、もともとは金星からやってきて、南太平洋から今のアメリカ大陸があるあたりまで広がっていたレムリア大陸に居住していました。

当時、レムリア大陸と金星の間では互いに行き来があり、レムリア大陸には金星から来た宇宙人が普通に住んでいたのですが、その大陸は後に水没してしまいます。大多数は今ではUFOと呼ばれる宇宙船で金星に戻りましたが、地球に残った宇宙人たちの一派は、アメリカ大陸に行った人もいれば、日本にやってきて、住み着いた人もいます。

彼らは船に乗って、最短ルートで日本にたどり着きました。

なぜ彼らは、正確に日本に向けて進むことができたのでしょうか。

実は、当時の日本では富士山が活火山だったため、噴煙が成層圏まで上がっていました。それが水平線の上に出ていて、遠くから見えたのです。その噴煙を目印にして、日本に向かうことができたわけです。


最初に、沖縄にたどり着きました。そして、九州から本州にも移動します。その人たちが、縄文人と呼ばれているのです。

縄文時代が今から1万2000年前に始まったとして、それから弥生時代になるまでの8000年ぐらいの間の縄文人は、「アラハバキ」という名前で呼ばれました。そのアラハバキは危険な作業などをさせるために、現代では「グレイ」と呼ばれている人工生命体「アヌンナキ」を作り出しました。

ところが、一部のグレイが逃げてしまいます。それらのグレイがメソポタミアに移動し、その地で原住民たちに文明を授けたのです。

縄文土器に見られる、宇宙服を着ているような土偶がアヌンナキの姿ですが、メソポタミアのあたりでは神さまとして扱われていました。文字も文化も、すべてアヌンナキが教えてくれたと信じられています。

金星からレムリアに来ていた宇宙人の祖先が日本にやってきて、レムリア文明の一端が縄文文化として根付き、それがアヌンナキの逃亡によってメソポタミアに伝わっていったのです。

当時のレムリア大陸の一部が、今のアメリカ大陸のネバダ州、テキサス州、ニューメキシコ州、そしてメキシコです。

あの消えたガソリンスタンドのおじいさんが教えてくれた、エリア51はもともと宇宙人が拠点としていたという話が、その宇宙人たちはもともとレムリア大陸にいた金星人であるという話とつながってきました。レムリア大陸は、完全に沈んでしまったわけではなかったのです。このことは、レムリア大陸の伝説に詳しい人たちや、精力的に研究している人たちも唱えている説にも合致します。

ニューメキシコ州やアリゾナ州、さらにはテキサス州のあたりまではレムリア大陸だった土地であり、アメリカインディアンとは、そもそもはそのあたりに原住民として住んでいた人たちのことを指します。

ですから、モンゴルの人たちもそうですが、アメリカインディアンの中にもYAP遺伝子を持っている人がいます。アメリカインディアンがベーリング海峡を渡ってモンゴルまで歩いていったという説もあるようです。

ともかく、YAP遺伝子は、レムリア大陸に住んでいた宇宙人から発祥したのです。最初に地球上に住み着いた知性を持った存在が、レムリアから日本へと渡って縄文文化を開花させただけでなく、日本を統治する天皇という存在を生み出し、そこから全世界へと文明が伝わりました。

このことは、現代の日本人が常に心に留めておくべき真実だと思います。

思考は現実化する

100％信じ込むことができれば思考は現実化するという例が、ナポレオン・ヒルの著書やアンドリュー・カーネギーの逸話などに見られます。

ナポレオン・ヒルの著作は、第２次世界大戦終結後にアメリカ政府が密かに続けてきた昭和天皇の祝詞の働きについての極秘研究を基礎にしています。

昭和天皇が原爆初号機を搭載したアメリカの爆撃機Ｂ‐29を消滅させた作用原理を研究していた10人の選りすぐりの科学者たちの中で、一番裾の科学者の助手でしかなかったのが、ナポレオン・ヒルという人物でした。

つまり、その機密研究に関わっていた末端の助手ですら、本当に信じ込めることができれば、思考によって物理的世界を変えられるということを知ることができたのです。

そして彼は、「思考は現実化する」という事実を世界中に広めました。

今では著名となっているナポレオン・ヒルですら末端の人間でしかなかったというのですから、その機密研究のトップの人物とは、いったいどれほどの力がある人だったたのでしょうか。

大腸がんになってから、1年くらい経った頃に親しい社長さんから聞いた話です。岡山との県境の広島県側に、福山という街があります。そこは、重工業コンビナートが海岸沿いに立地しているため、スナックや飲み屋が多い土地柄で、いわゆるフィリピンパブと呼ばれるようなお店に、フィリピン人の若い女性が大勢働いています。そんな1軒の店に、その社長さんが仲間と行って飲んでいたときのことです。

あるフィリピン人の若い女性が、

「私、超能力があるんです」

と言い出したのだそうです。

「どんな能力なの」

と聞くと、

「触らずに物を動かせます」

と答えたということでした。つまり、念力というものでしょうか。

そのときいっしょに飲んでいた人たちは、

「そんなばかな、ああいうのはだいたいトリックがあるからできるものだ。本当にトリックなしでできるというなら、今ここでやってごらん」

と、にわかに信じませんでした。

そこで、その若いフィリピン人女性はテーブルの上にあった、いろいろなおつまみを入れたガラスの器を指差して、これを動かしてみますと告げたそうです。

そのガラスの器は、お店のスタッフが持ってきて置いたものであり、そのガラスの器が置かれた後に、たまたまそういう話になったため、誰にも細工のしようがありません。

そうして、実際にその女性が手をかざしただけで、ガラスの器は本当に動いてしまったのだそうです。

社長さんが、たまたま携帯電話で一部始終を動画に撮っていたため、面食らいながらもすぐに僕に動画ファイルを送ってくれました。動画には誰も触っていないガラスの器がテーブルの上を動く様子がはっきりと記録されていて、それを初めて見たお店の他の女性たちが、大騒ぎしている声も入っていました。

お店の中の全員が驚いているのを尻目に、その若いフィリピン人女性は、

「こんなこと、うちの村の女性なら誰でもできることですよ」

と言い放ちます。

彼女にとって、手で触らずに物を動かせるのは当たり前のことなのだそうです。日本にやってきてからは、その能力を使ってみせようと一度も思わなかったらしく、それまで披露することもなかったそうです。ところが、その日の少し前に近々フィリピンに帰ると決まったら、故郷を思い出してなんとなくやる気になったのだそうです。

僕は社長さんから一部始終を聞いて、なるほど、これこそだ、と思いました。

つまり、生まれたときから、周りでお母さんもお姉ちゃんもおばあちゃんも、みんなそうして物を動かしているのを見ていたら、その子にとってそれが当たり前になります。つまり、100パーセント、できると信じ込むことができているのです。だから、できるのです。

そして、本来人間は誰しも、こうした能力を持っているのです。

アメリカ政府の機密研究をしていた10人の優秀な科学者の中で、一番裾の人の助手にすぎなかったナポレオン・ヒルですら、信じ込むことで思考が現実化するという事実を世界中に広めて有名になっています。

人間は神さま、宇宙人も神さま、もうみんな神さまであると信じ込めば、物も動き、消えてしまうのです。なんでも、できるのです。

特に日本人はレムリアの生き残りであり、宇宙人から伝わるＹＡＰ遺伝子を持っているので、一番素養があるのです。

天皇家とは無縁の僕のような一般人には、１００パーセント信じ込むということは非常に難しいのですが、幸いにもちゃんと１００パーセント信じられる、天皇という「現人神」を戴いています。

１００パーセント信じ、思考を現実化できる存在がこの国におられる。それは本当に、素晴らしいことなのです。

天皇家だけを特別視するのはどうしても嫌だという人も、もう日本人全員が天皇、全員が神さまであると信じ込めば、日本はパラダイスになるのではないでしょうか。なんでもできるのだと、強く信じるのです。

キリストも、しかり。丘の上で何千人もの民が集まり食べ物がないというときに、お魚のスープがいつまでもなくならなかったという逸話があります。また、水瓶の中の水をワインに変えたという話も有名ですし、湖の水面を歩いたとか、さらには死んだ青年を生き返らせた話まであります。

モーゼが、砂漠で民を連れて歩いていたとき、食料がなくて困っていたら、空から白いパンのようなものが落ちてきたといいます。

僕が阿闍梨に手を握っていただいてから、神社で柏手を打ったときに明かりが灯るようになった。そのことに、なんの疑いも持たずにいればよいということです。

これが、阿闍梨からの一番の教えだと思います。

神社やパワースポット巡《めぐ》りをするよりも、あなたが神さまになればよいのだということです。

第三章　中今という悟りと帰ってきた吉備真備

うか？

中今《なかいま》という悟り

では、なんの疑いもはさまないで、神になると信じるには、どうすればよいのでしょうか？

僕はずっと、そんな疑問を抱き続けていました。

絶対に信じる、あるいは絶対に疑うまいと思えば思うほど、疑ってしまうのが人間の常です。考えまいと思えば思うほど考えてしまうのが、人の性《さが》でしょう。

聖書に記されていますが、キリストは「汝、明日のことを憂うなかれ」という言葉を残しています。明日からどうやって食べていこうかとか、なにをしにどこに行こうかなどといった程度のことではなく、ほんの1秒後、2秒後のことですら、憂う必要はないのだという意味です。なにも思うことはいらない、考えるなということ、つまり、ばかになれということに近いのですが、考えを捨てろということなのです。「汝、明日のことを憂うなかれ」というのは、「もうなにも考えるな」ということと同義なのです。

それが悟りといえば悟りなのですが、そういうとよけいに難しくなってしまいます。

どうすれば考えを放棄し、悟りに至ったという実感が得られるのでしょうか？

あるいは、どのようにして自分が神だと思えるのでしょうか？

自分は神だと思う、その思いすら抱かない状態というのは、かなり難しいことではないでしょうか。

普通は、つい頭で考えてしまいます。


昨年の7月頃でしたが、東大医学部名誉教授の矢作直樹先生が代官山のライブハウスで、夜の7時から講演するというイベントがありました。僕は一番後ろに隠れるようにして座っていたのですが、ステージに登場した矢作先生にすぐに見つかってしまいました。

「今日は助人がいるようですが……」

などと笑われながら、講演は順調に進行していきました。

その中で矢作先生が、僕が知らなかった概念を初めて教えてくれたのですが、あまりに腑に落ちたので、紹介したいと思います。

それは、「中今」という概念です。

僕は、そのときに初めて中今という言葉を知りました。それは、神道用語だったのです。日本の神道の真髄は「常に中今にある」ということを目指すのだそうです。

では、中今とはなんでしょうか。

僕流の解釈ですが、「汝、明日のことを憂うなかれ」と同じことではないでしょうか。中今は、今の真ん中にいるだけで、直前のことも直後のこともなにも考えていない状態なのです。

実は、僕にとって、中今の状態になるのはとても簡単なことなのです。

がんで死の淵をさまよった緊急手術の1年ほど前に「多発性脳神経症」を患い、それからというもの絶えず左耳が耳鳴りしています。左耳はまったく聞こえず、なおかつ耳鳴りが激しい状態なのです。

この耳鳴りにあわせるのです。

そのとたん、思考が止まります。自分というものもなくなり、耳鳴りだけになるのです。耳鳴りにフォーカスするということではなく「耳鳴りにフォーカスする自分すらいない」という状態になるのです。

そうすると、この宇宙は耳鳴りのみになり、その状態に溶け込んでいきます。耳鳴りのない人は、高速道路の車の雑音でもかまいません。あるいは海の波の音でもよいですし、音でなくても、目に映った景色でもよいのですが、そこに溶け込むということが大事です。そうすれば、なにも考えなくなり「中今」の状態になれるのです。

矢作先生のお話を聞いているうちに、すべては「中今」で解決するのではないかと思い至りました。それまで僕が興味を持って調べていたこと……、UFOや宇宙人、霊能力、透視や念力、神道の祝詞で昭和天皇が原爆を搭載したB‐29を消したこと、などなど、そのすべてにおいて「中今」という概念が重要になってくるのです。

天皇陛下は、「中今」の状態になって初めて神さま、現人神になられるのです。国事行為についての執務中は、我々と同じ普通の人でいらっしゃるのです。

現人神として育った天皇が、「中今」にさえなれば、この宇宙の中でなんでも実現するに違いありません。

高野山の中村公隆阿闍梨が「中今」になっていたからこそ、近づいてくる蚊が落ちて、そしてカラスも落ちたのです。蚊を落とそうと思っている間は、蚊に刺されるだけで、絶対に落ちないのです。

すべてを放棄し、すべてを神に委ね、宇宙の一部になる……そうなって初めて、すべての歯車がかみ合うのです。

宇宙の一部になっていないと、宇宙は動かせないのです。


自分が自分が、という意識であり続けていたら、もうそれは空回りしているだけの状態でしかありません。

結局、すべては同じでした。

万事が中今、それが僕の悟りです。

中今という悟りに至ったとき、ふっと、

「人生は中今で生きればいい」

と思うことができました。

中今は合気道の真髄

書家の先生に「人生中今」と書いてもらいたいと思い、以前、対談をさせていただいたことがある、光輝書法の山本光輝《こうき》先生にお願いし、書いていただきました。

そうしたら、

「人生中今、さすがですね」

と、先生も中今をご存知でした。

そして、それを知るきっかけとなった物語があるとおっしゃって教えてくださったのが、前述した、合気道の創始者で近衛兵たちの銃で撃たれても弾丸が当たらなかった植芝盛平翁のお話です。

山本先生は、盛平翁の直弟子でした。

山本先生がお若いとき、最初は講道館柔道の道場に通ったり空手の極真会館の大山倍達館長に弟子入りしたのですが、骨折などの怪我が多かったため、もう少し穏やかなものにしてとお母さんに泣きつかれたのだそうです。それならと合気道の本部道場に入門したところ、創始者の植芝盛平翁がいらして、可愛がってくださったとのことでした。

そして、盛平翁が、ある日の稽古のときにはっきりと言われたのだそうです。

「合気道の稽古は、天《あめ》の浮橋《うきはし》に立ってやらねばならぬ」

と。

天とは空、それに浮橋は浮く橋です。天の浮舟というのはＵＦＯのことを指し、縄文時代に天皇が乗っていたともいわれています。天浮橋というのは、天浮舟に近い概念のようですが、よくはわかりません。ましてや、「天浮橋に立ってやらねばならぬ」というのは、まったく意味不明です。

当時の山本光輝先生も同じ思いでいらっしゃったそうです。

そこで、たまたまお知り合いに、言霊学《ことだまがく》の権威の先生がいらっしゃったので、

「天浮橋に立つとは、どういうことなんでしょうか」

とお聞きになったそうです。

その先生はしばらく考えて、武道のことはわからないけれども、それは中今のことで

はないかと教えてくれたとのことです。つまり、中今の状態で稽古をすることだとおっしゃったのだそうです。

どういうことですかと聞くと、

「中今の状態にいるというのは、この次の瞬間のことすら考えず、過ぎ去った、ついさっきのことも考えず、ひたすら自分がこれまで研鑽《けんさん》を積んできたことを、そのまま神に託していることです。

そうすれば、無敵の武道になるのではないでしょうか。

山本先生や、植芝盛平先生の佇《たたず》まいからはそのように見えます。

『中今の状態でいる、それが合気道の極意なんですよ』と植芝盛平先生はおっしゃりたかったのではないでしょうか」

とお答えくださったというのです。

まさに、合気道の真髄にも、中今とのつながりがあったのです。

天皇が中今になられたらそれは現人神であり、この宇宙の中のあらゆる現象を自在に操ることがおできになります。植芝盛平翁が中今になれば、大の男を触らずに投げ飛ばすことができます。芸術家も中今になってさえいれば、ミケランジェロでもダヴィンチでも超えられる、素晴らしい作品を生み出すことができるのです。マクモニーグルさんも、中今だからこそ透視ができ、宇宙人とも交流できるのではないでしょうか。

盛平翁が実際にやってみせたように、瞬間移動もできてしまいます。

もちろん、中今になっていたからこそ、それを実現することができたはずです。Ｋａｎさんも、クンルンネイゴンというチベット密教の秘伝の術で中今になれたため、北国の寒い場所に瞬間移動したのです。

これらすべてのことを一言で表現するなら、「人生中今」なのです。これがすべてであり、他にはなにも必要ありません。これからますます、人生中今の仲間を増やすことで世の中がどんどんとよくなっていきますから、神さまや宇宙人というようなことを考える必要すらなくなります。

田舎の農家の縁側で、おばあちゃんが日なたぼっこをしながら近所の子どもたちが遊んでいるのをボンヤリと見ている光景、それこそが「中今」なのです。

それに勝るものはないような気がします。

スポーツ医学用語で、ゾーンに入るというのも「中今」です。瞬間が本当にスローになり、すべてのことがわかるのです。勝つのが見えているのです。もっと進むと、ただただ涙が出る、そこにいるのがただただ楽しい、勝ち負けなどはどうでもよいと思える世界になります。

そういうゾーンに入っているボクシング選手に殴られた相手は、気持ちよく倒れるのだそうです。殴られて倒された相手は普通は悔しいでしょうし、腹も立つでしょう。ところが、そんな感情がまったく沸かないのです。

植芝盛平翁は、常に中今でした。だから、投げ飛ばされた人はみんな喜んでいるようでした。道場にいた全員が、みんなで中今を共有していたのかもしれません。

しかし、意図的に中今に入る方法は、なかなか見つかりません。偶然や、あるいは疲れきって、パフォーマンスが悪いときのほうが意外に入りやすいなど、いろいろな研究はあるのですが、決定的なことはわかっていないようです。

脳の構造的なところでどうにかするという研究もあるのですが、結局はわかっていません。

キリスト教ではときどき、信者さんが礼拝堂で祈っているときに、恍惚状態というか、トランス状態になることがあります。多くの例があるのですが、その信者さん本人に聞いてみると、なにかが光っているように見えたとか、マリアさまが現れていたという答えが返ってきます。

そこに共通しているのは、全員が「神の愛を感じた」とか「マリアさまの慈愛に触れた」と考えていることです。まさに中今状態になっているのです。

中今は愛、キリストのいう愛です。合気道でいえば合気です。

振り返ってみれば僕は、子どもの頃からずっと中今を生きていたと思えてなりません。確かに小さな頃から、いつもボンヤリとしていました。学校の授業中でもボーッと窓の外を見ていて、よく先生に怒られていたのです。

一時期「アホになれ」というようなことが提唱されていました。

しかし、その真意はばかになれなどということでは決してなく、中今の状態になれということなのです。中今の状態にあれば人間は、すべての能力が発揮されるのだということです。

例えば、中今になるとＵＦＯが見えるようです。

ＵＦＯは、同じ場所に立っていても、見える人と見えない人がいます。人によって、見えたり見えなかったりするのです。

僕の経験を思い起こしてみると、見える人は、日頃、中今に夢中に生きているなと思える人であり、見えない人は、常になにかを考えている人であり、いわゆる賢い人だったような気がします。

高速道路での愚行

すでに少し述べましたが、石川県の羽咋《はくい》市に、「コスモアイル羽咋」というＵＦＯ博物館があります。あるとき、

「ＵＦＯや宇宙人についていろいろ研究をしているのに、羽咋市のＵＦＯ博物館に行ったことないの？」

と言われてしまいました。

調べてみると評判もとても高いようで、よい機会なので見学してみようということになったのが、昨年の9月の頭でした。そのときは、大型の台風21号が近づいてきていました。その台風は、関西国際空港に大打撃を与えた後、金沢市内を直撃したのです。

僕は、羽咋市のUFO博物館を楽しんだ後、金沢まで移動して駅前にあった高層ビルのホテルにチェックインしました。部屋は23階という、かなり上のほうでした。それが、耐震構造のために、台風の強い風が吹くと、ビル全体がしなって大きく揺れるのです。

窓のカーテンを開けて部屋の窓から市内中心部の様子を見下ろしていたところ、夕方から一部で停電が起きていました。電柱のトランスがパッと火花を散らしたと思ったら、もうその周辺一帯の電気が消えていき、このようにして停電になっていくのだと初めて見る光景に感心していました。

夕飯を確保する必要がありましたから、コンビニで調達しようと1階に降りました。すると、ほとんどの宿泊客がロビーに集まっていたのです。ホテルの建物がひどく揺れるため、船酔いのようになった宿泊客のために、スタッフが飴を配っていました。上層部の階の客ほど、揺れの少ない1階に降りてきていたようです。

ホテルの従業員からは、

「どの店もやっておりません。すごい暴風雨ですので、出ていくと危険です」と注意されてしまいました。金沢市内全域に退避命令が出ていたくらいです。

仕方がないのでまた部屋に戻り、こういうときにUFOがやってきてくれないかなどと思いつつ、外をボンヤリと眺めていました。

深夜には、台風は無事に通り過ぎていきました。

実は、スイスのジュネーブ大学理論物理学科で大学院生を指導していたときの教え子が母校の教授となり、日本で開催される国際学会に呼ばれて来日するのを迎えに行くというのが、その日の予定でした。彼の便は、台風直撃の関西国際空港に午後3時、まさに台風が直撃したタイミングで、着陸するはずでした。

そして、僕は関空まで車で行く予定だったのです。

その前にUFO博物館を見学して、その足で関空まで迎えに行こうと思っていたのですが、台風が直撃する可能性を前日の天気予報で気づきました。このままでは、関空には着陸できなくなってしまいます。他の空港に着陸されてしまうと迎えに行った僕のほうが振り回されるので、最初から他の空港に着陸する便に変更してもらおうと思い、国際電話で頼んでみました。

すると、そもそもスイスには台風というものが来ないということで、彼は台風そのものを知らなかったのです。なので、なぜ台風が来ると空港に降りられないのかと聞くので、

「台風とはそういうものなんだ、ゴジラが襲来すると思え」

と伝えると、やっと理解してもらえました。

予定していた台風直撃の日の午後3時着陸という便は、他の都合のよい空港ではもう取れず、2日後に、名古屋の中部国際空港に着く便になってしまいました。これが幸いでした。2日後の関西国際空港にしていたら、まだ復旧されていなかったために立ち往生するところでした。

2日後の朝10時着陸の便になったため、前日の夜に車で名古屋まで移動して、中部国際空港のそばのホテルに泊まる予定にしたのです。

このスケジュール変更がなければ、台風21号による被害を受けた関西国際空港に車ごと閉じ込められているところでした。

台風一過の晴天の下、車で金沢を出ると、石川県から御嶽山の横を登っていく、新しい高速道路ができていました。高速道路を降りずに中部国際空港まで行けるのです。

「関インター」という名前のインターチェンジに近づいていくと、なぜかだんだん背中がむずむずしてきました。

不思議に思いながらも、そのまま関インターの出口の表示を通り過ぎようとしたとき、突然、勝手に腕が動いて、侵入禁止の表示になっているところをまたいで高速を降りてしまったのです。

「なぜ僕はこんなインターの出口に向かったのだろう？　別に行きたくもないのに」と思って急ブレーキをかけ、バックして逆走で戻ろうと思ったのですが、やはり危ないので、取りあえず一度、高速を出てから、もう1回入り直そうと思いました。

インターから出てみると、そこに広がる風景に見覚えがあるのです。訪れたことがあるという確信はあるのですが、「関インター」という名称は覚えていません。

しかし、光景ははっきりと覚えていたのです。

そこで思い出したのが、岐阜に住む、土屋靖子先生という70代後半の気功師のおばあさんのことです。

神さまの采配

土屋靖子先生には、たびたび治療してもらっていました。

数年前のことですが、伊勢神宮にマリアさまが現れる場所があるから教えてあげると呼ばれ、岡山から車で伊勢神宮まで行ったことがあります。その帰りがけに、伊勢神宮から土屋先生のご自宅までお送りしたのです。

そのときは、高速道路に乗ってからも、こっち行って、右行って、左行ってと先生の指示どおりに走っていたので、高速を出たインターの名前も覚えていませんでした。

それが、関インターだったのです。

出てみたら、インター出口の景色でおばあさんの家の近くだと気づいたわけです。

そういえばしばらくお会いしていないなと思い、ちょっとご尊顔を拝しに寄ってみようと、そこから30分ほど車を走らせて、診療所も兼ねたご自宅まで行きました。

ドアを開けて、「こんばんは」と入っていくと、おばあさんが仁王立ちで待っていて、

「やっと来たわね、あんた」

と笑いながらすごむのです。

僕が、

「今日はこれから中部国際空港に行くついでに寄っただけなのですが……」

と申し訳なさそうに伝えると、

「なに言ってんのよ、あんた。

待てども待てどもやってこないから、私はついに神さまにお願いして、あんたが来るように仕向けてもらったのよ」

とおっしゃるのです。

えっ、もしやあのとき、身体が勝手に動いて急ハンドルを切ったのは、神さまの仕業だったのでしょうか？

しかも、それだけではないのです。金沢から高速道路で関インターを通過することになったのは、中部国際空港に向かっていたからです。そして、その日に中部国際空港に行くことになったのは、関西国際空港を台風21号が直撃したためでした。

つまり、そのおばあさんが僕を来させるように神さまに頼んだのですが、その願いをかなえるために神さまは関空に台風21号を直撃させたということになるのです。

関西国際空港には大きな被害が出て、約８０００人が停電した空港に閉じ込められて迷惑を被ったのですが、けが人も死者も出てはいません。その結果、僕は新しくできた高速道路を使って中部国際空港に向かうことになったのですが、ちょうど関インターの出口の横を走っていたときに身体がむずむずして勝手に手が動いて高速道路を出てしまったところ、見覚えのある道だったので、おばあさんの家まで来ることができたのです。

それらすべてが、まるで、神さまに仕組まれたかのように……。

このとき、やはりそうなのかと、と確信しました。土屋靖子先生のような神さまにつながった人が願うと、すべて現実化するということを！

そう、このおばあさんもまた、中今に生きていらっしゃるのです。

このとき、観念しつつも、

「そんなに強引に呼ばれるほど、僕は今、身体が悪いんですか？」

と聞いてみたのですが、

「あったりまえじゃないの。あんたが3年前に助けを求めてやってきて、γＧＴＰと血糖値を下げてあげた。あのときくらい、あんた今、悪いのよ」

と一刀両断に叱りつけられてしまいました。

その治療院は予約制で、通常はこのときのように突然行っても治療は受けられません。僕が訪ねていった5時過ぎにも予約が入っていたのですが、なぜかその患者が案の定やってこないのです。キャンセルでもなく、連絡も入っていなかったそうです。

「予約の人が来られていないし、早い者勝ちだから、とにかくそこに寝なさい」

こうして、なんとか治療してもらえることになりました。

気功治療なので、身体に触らず手をかざすことで施術します。手を僕の頭の上にかざした直後、

「やっぱり私が遠隔で見てあげたとおり、なに、この血糖値、この前とほとんど同じよ、これ。γＧＴＰも危ないよ」

とまくしたててきます。

その3年前のこと、大学の健康診断で引っかかり、血糖値が370、γGTPも320という、生きているのが不思議だと医者に言われるくらいの数値になっていました。再検査するというので、その2日前にこのおばあさんを訪ね、せめて数値を100台くらいにしてもらえないかとお願いしたところ、しょうがないわねと言いながらも治療してくれたのです。

翌日、神戸の友人に、

「田舎に帰るから最後に飲もう」

と誘われて、行ったのが神戸牛のステーキの店でした。神戸牛を前に、とてもワインを我慢はできません。再検査の前日だったので、最初こそはウーロン茶を飲んでいたのですが、ステーキにウーロン茶では調子が出ません。結局すぐにワインを注文して、かなりの量を飲んでしまいました。

せっかくおばあさんに治してもらったのですが、前日にアルコールをかなり飲んでしまっていたので、再検査では覚悟しつつ採血してもらいました。その1週間後に検査結果が出たところ、血糖値は140、γGTPにいたっては37まで落ちていたのです。

それで、僕はもう、このおばあさんを信じきっていたのでした。

2年前に東京に住むようになってからというもの、お付き合いでほぼ毎晩のように、かなりの量を飲んでいたので、数値は悪くなっているだろうなと思ってはいました。タイミングを見ておばあさんに診てもらいたいとは考えていたのですが、いかんせん忙しすぎて、時間が取れず仕舞いだったのです。

そんなとき、おばあさんが遠隔で診てくれて僕の体調が悪いのがわかり、神さまに頼んでくれたことで、僕は導かれたのです。

そしてやはり、3年前のような最悪の数値になっているようでした。

「これで最後だからね。あんたみたいにここで治してもらえると思って、毎晩酒くらってなんの努力もしない人なんか、金輪際、見てやんないから」

「先生に見放されたらもうダメですよ。今後も、よろしくお願いします」

「あんたみたいになんの努力もしない人、イヤよ。もっと努力しなさいよ」

「努力って、なにすればいいんですか」

「あんた、人のために最近いろいろ動いてんだから、せめてお酒くらいは断らせていただきなさいよ」

そのとき、お酒をやめなさいと言われていたら、おそらくやめられなかったと思うのです。

でも、「せめてお酒くらいは断らせていただきなさいよ」と言われたので、なぜか、そうかと素直にうなずけました。

それ以来、アルコールは一滴も飲んでいません。

関西国際空港に大きな被害を出し、８０００人に迷惑をかけてしまい、高速道路の関インターの出口で僕にトンでもなく危険な運転をさせるなど、神さまのなさったそうした一連のことがあっての禁酒なのです。これで再び飲み始めたら、神さまを裏切ることになるので、さすがにもう飲めません。僕も、ついに腹をくくりました。

神さまからのご褒美

翌日の午前中、中部国際空港に無事に教え子が到着しました。スイス人は、一度高校を出てから働き、自力でお金を貯めてから大学に入るため、教え子とはいえ、彼は僕と同い年です。

彼は、私がノンアルコールビールを飲んでいたのですごく驚いていました。彼も、ものすごい飲んべえなので、以前はしょっちゅういっしょに飲み歩いていたのです。

それから4日間、いっしょに名古屋の近辺をぶらぶらしましたが、僕は一滴も飲まずにいました。

拙著、『神代到来――誰もが手にする神通力と合気』（海鳴社）にも書きましたが、昨年の7月に僕は神さまからいただいたミッションを果たしていました。

あるとき、神さまからの伝言が降りてくる女性から、次のような内容のお手紙が届いたのです。

「今、日本が大変なことになっている。神さまから保江先生にメッセージがあり、8月11日に災害が起こるので、日本を守るために先生に気仙沼に水晶を沈めてほしいと言われた。龍の力を借りてほしいとのこと」

そこで僕は、いろいろ困難な事情をクリアして、気仙沼の海岸の上にある「龍の松」と呼ばれる一本松のところに行き、龍の力で日本を助けてくださいと、海に水晶を投げ入れました。3．11の大津波で被災したその土地に、龍の姿のように捻じ曲がった形の松が、たった1本だけ残っていたのです。

その御神事によって、日本は救われたとのことでした。

不謹慎な話ですが、それ以来ずっと、

「僕は神さまのおっしゃるとおりに、わざわざ旧式の愛車で気仙沼まで行って、水晶を海に投げ入れてきたのだから、なにかご褒美くらいあっていいよね」

と思っていたのです。ところが、いつまで待っても、ご褒美はまったくなく、宝くじにも当たりません。なにもよいことなど起きなかったのです。

しかし、ふとそのとき、神さまがわざわざ仕向けてくださったこの禁酒がご褒美なのかと思い至りました。僕の身体のことを考えて、お酒はもう一切やめる、という状況に追い込んでくださったということです。

それまで、何回も禁酒の努力をしてきました。しかし、禁酒をすればするほどストレスを感じ、結局飲んでしまうのです。それなのに今回は、まったくストレスを感じません。禁酒ではなく断酒と呼べるほどです。これで、僕は納得しました。

ご褒美は宝くじに当たるのではなくて、断酒だったのだと思えたのです。ついに、

「ご褒美はこれだ、日本を救ったご褒美は断酒だ」

と理解できました。

それを実感したエピソードもあります。

昨年の10月5日から8日の4日間、僕は韓国に行きました。韓国の天台宗のお寺をいくつか巡ってくる80人のツアーに入って、どうしてもいっしょに行ってくれと頼まれたのです。日本の天台宗という宗派にとどまることなく、もっと広く、日本の仏教界と韓国の仏教界で仲良くしましょうという、友好を目的とした団体の一員に加えられることになりました。

実は、僕は、キムチや辛いものが大の苦手です。だから、韓国料理全般に苦手意識があります。韓国のツアーに参加したからには、食事にはまずキムチが出てくるでしょう

し、辛いものがメインの食事になるでしょう。

これまでは、やむなく韓国料理にお付き合いするときは、ビールで流しこんでいました。しかし、断酒しているために、それもできません。


初日の金曜日、台風被害を受けてから1ヶ月が経ち、すっかり前の姿を取り戻した関西国際空港を昼に出発し、同日の4時頃にソウル市内のホテルに着きました。

夜には、宴会場で韓国側主催のウェルカムパーティーが催され、韓国料理のみが並んだテーブルに座らされてしまいました。なにも手をつけられないので、最後に出てきた白いご飯に、日本から持って行ったウスターソースをかけて食べました。

そしてその夜から、日本を外れた台風が、韓国にやってきたのです。それが、ものすごい勢いでした。金沢駅前のホテルのときほどではありませんでしたが、それでもかなりの風雨でした。次の日のお寺の訪問が、これでキャンセルになったらいいなと思っていたのですが、翌日、まだ雨は降っているものの、風はおさまっていました。予定どおり、みんなでバス2台に分乗してお寺に行きました。

そこで見た韓国式の仏教の法要は、初めて見るものでした。お坊さんが般若心経を唱えるのですが、まるで歌謡曲のような、演歌のような節がついているのです。女性たちは着飾り、踊るように動いています。おまけに仏像が金箔でおおわれ、ピカピカに輝き、さらに強い照明が当たっていて、堂内がやけに明るいのです。日本の薄暗さとは大違いで、仏教らしくないと、日本人は皆、あちこちで囁《ささや》き合っていました。

次に、日本側の僧侶たちが仏さまにお灯明して読経し、献茶をしました。

団体で80人にもなるといろいろな人がいるもので、霊能力者も何人か参加していました。その中に、僕も以前から顔見知りになっていた、1人の男性がいました。吉本のお笑い芸人さんをされていた方ですが、霊能力が現れてからは霊能力者として関西で活動なさっています。その人が、わざわざ僕のところに来て、

「献茶のときに、仏さまが出てこられました」

と教えてくれたのです。

霊視ができる人なので、実際に仏さまが見えたのでしょう。

「そうなんですか。あんなに華やかに仏さまをお祀りする、そういうところでもちゃんと出てきてくださるんですね」

と応えると、

「仏さまからあなたに伝言があったんですよ。『あの者に、身体に気をつけるように伝えてくれ』と言われました」

とのこと。僕はなぜだろうと思いましたが、彼も同様だったようで、仏さまに、

「なぜ彼が身体に気をつけないといけないんですか？　病気になりそうだからですか？」

と聞き返してくれたそうです。すると、

「あの者には、もうひと働きしてもらわねばならん。だから、身体には気をつけろと伝えなさい」

とおっしゃったそうです。

そのとき、僕は、神さまの指示どおりに気仙沼まで行って海に水晶を沈めることで、日本を災害から救ったばかりであることを思い出していました。

「そのときのご褒美をもらって、断酒できるようになったが、今度は仏さまが出てきて、もうひと働きさせる気なのか……、いったいどんなことを？」

と自問していたのですが、もうひと働きの内容まではわかりませんでした。

夢に出てきた光景に導かれる

お寺を出たらもう晴れていて、台風一過の青空です。みんなでまたバスに乗って、ホテルに戻ったのは3時でした。

その日の夕飯は、6時に集合してくださいと通達がありました。それまでの3時間は自由時間というので、ほとんどの人が、明洞《みょんどん》か南大門《なんでむん》に買い物に出かけました。

僕は、ほとんどなにも食べていなかったので、お腹が空いていました。お昼は、お寺の檀家の奥さん方が丹精込めて、本当に頑張って作ってくださったお弁当が出ましたが、ふたを開けたときのキムチの匂いに、瞬時にふたを閉めてしまいました。お弁当箱の中で、ご飯にもキムチの匂いが移ってしまっていたため、ソースをかけて食べるわけにもいかなかったのです。

韓国に行ってからはずっと食べられずにいて、かなり痩せました。これもキムチのおかげです。

どうせ夕飯も手をつけられないだろうと予測し、今のうちになにか、ちゃんとしたものを食べておこうと思いました。すると、それに賛成してくれる女性1人、男性1人がいて、僕といっしょに3人で、ホテルを出て近くの商店街に行ってみました。

商店街はどの店も、外までキムチの匂いがします。キムチの匂いのしないお店を探しながら歩いていくと、広い道に出ました。道の向かいに、看板にフランス語が書かれた、パン屋風のカフェがありました。日本でもよく見かける、カフェが併設されたフランス風のパン屋さんのような感じです。

店内に入り、サンドイッチとコーヒーを注文し、窓際のテーブルにつきました。3人で喜んで、

「やっと落ち着いて食事ができるね」

と言い合いながら、おいしくいただくことができました。

満足した僕は、外をぼんやり眺めていました。やっとおいしく感じられる食べ物にありつけたためなのか、おそらく、中今の状態だったのだと思います。そして、不意にあっと声を出して気づいたのです。その年の2月に夢で見た街はここだった、と。

僕はよく夢を見るのですが、その夢の中で、僕は外国のどこかの、うらぶれた街角をうろうろしていました。レンガ造りの古い建物が続く道をうろついて、左脇にある細い道を上がっていきます。目が覚めたときにはその街並みを思い返して、いったい、どこの街だったのだろうと不思議に思いました。僕が知っているスイスやフランスでもないし、アメリカでもないのです。もちろん、日本でもないのです。

夢で見た街角

そのうらぶれた様子から、東ヨーロッパのどこかかなと思っていたのが、実はソウルで、今まさに目の前にある街並みだったのです。

ここから見える光景は、僕が半年前に夢で見たものだと説明したら、2人とも興味を持ってくれ、

「コーヒーを飲み終わったら、もっと先まで行ってみましょう」

と言ってくれたので、カフェを出て、夢で行った場所まで歩くことにしました。

そのあたりは、本当に、夢に見たそのままの風

景でした。右側に、夢で見たガソリンスタンドもあり、

「こっち行くと、上にあがっていく細い道があるよ」

と説明しながら行ってみると、やはり夢とまったく同じ細い道がありました。こうなったら、そこにあった道を上がってみるしかありません。

3人で登っていくと、上り坂には5、6階建てのアパートが並んで建っていて、ほんの15～16メートルそれが続くと、下り始めます。そして、ソウルでも他にはないだろうというほどの超高級住宅街が、左側に現れました。高い塀、門の外から見える手入れの行き届いた広い中庭と、巨大なお屋敷がいくつも続きます。

右側は、うっそうとした茂みとなっており、車1台がぎりぎり通れるような、一方通行の狭い道です。茂みの側には20メートルおきに、ポリスボックスのようなものがあります。その中に、警官ではなく、セコムの警備員のような服装をした人が座り、こちらに睨《にら》みをきかせています。そしてどの場所にも、警備会社のものと思われる車が止めてあります。

左側の高級住宅には、ところどころに防犯カメラが設置され、監視されていました。

「なんだろうね」とか言いながら歩いていったら、左側に、お屋敷とお屋敷の間に入っ

ていく細い道が、3本くらいありました。道の名前が書いてある標識を見てみたところ、通常は、韓国語と英語だけが表示されているのに、そこだけは、日本のカタカナまで書いてありました。

最初は「サムスン通り」、次に見えた道は「ヒュンダイ通り」のように、韓国の財閥系大企業の名前が通りの名前になっているのです。それぞれの大財閥の会長とその親族が住んでいるところだと、後でホテルの人に聞きました。

「サムスン通り」の道路標識

珍しい光景なので、そのまま歩いていきました。右側の2つのポリスボックス的な詰め所の間に低い山に登る坂道があり、そこに門がありました。狭い門です。なんだろうと思って見たら、日本の漢字で、「京畿高等學校」と記してありました。そこにもガードマンが立っています。

さらに進んでいくと、近代的な繁華街がありました。そこでは、韓国の女性歌手の、日本語の歌詞の歌が流れ続けています。韓国の人たちも、楽しそうに歌っていました。

意外に日本も嫌われていないのだなと思いつつ、繁華街をぐるっと回ってみると、再び高校の門がありました。こちらの門は大きく、正門のようですので、前に見たのは裏門だったに違いありません。

正門の奥に巨大な自然石があり、そこに日本の漢字で「校訓」と刻まれ、その下にやはり日本語で、「自由人、文化人、平和人」とあります。さらに、正門の右下の塀を見たら、

「京畿高等學校同窓會贈」

と記してあるのです。

校訓が刻まれた自然石

後にホテルで聞いたところ、その高校はソウルで一番の公立進学校だそうです。東京でいえば、日比谷高校のようなイメージです。そこを卒業してソウル大学に入るのが、エリートの王道なのだそうです。

わざわざ小さい裏門がヒュンダイやサムスンの会長宅のすぐそばにあったのは、財

塀に埋められた記念石版

閥系大企業のご子息、ご令嬢がその高校に行くときに誘拐されないように、通学がわずか数秒間ですむようにするための配慮からに違いありません。日本と違い、大企業の人たちは、誘拐をものすごく恐れていると聞きます。

実際に起こる話のようで、御曹司たちは毎日、裏口から高校に入っていくのです。

「これは裏口入学じゃなくて、裏口通学だね」

と、みんなで冗談を言い合いました。

さらにずっと進むと、その山の上の半分くらいで高校は終わり、残り半分に大きなお寺が現れてきました。いっしょにいた男性が、ホテルの自分の部屋は15階だが、窓から見下ろしたら、向かいのお寺の本堂の左側に大仏があったと教えてくれました。このお寺のはずだというので、では、大仏を見てみようということになりました。

謎の御陵に立つ

まずは本堂を目指したのですが、僕がなぜか、本堂の前を通りたくなくなってしまったのです。

「この前を通るのは嫌だから、本堂の裏を回って大仏を見に行こう」

と提案すると、2人とも、いいですよとついてきてくれました。

本堂の裏山の半分が高校の敷地になっています。普通は誰も行かないところだからか、細い獣道しかありません。登っていくと、高校の敷地とお寺の敷地を区切る杭があり、針金を通してありました。本堂の真裏には奥院らしきところがあり、そこはとても心地よい場所でした。

そのまま道なりに下りていくと、やはり大仏がありました。その大仏の手前に、なんと気仙沼で見たものとほとんど同じ形の、龍の松があったのです。案の定、そこのお寺も龍のいわれがあるところでした。

立像の大仏について、それぞれが感想などを言い合っているうちに、6時近くになったので、そろそろホテルに戻らなければと、その日はそのまま帰りました。

翌日は早朝から、片道4時間をかけてバスで韓国天台宗の総本山まで行き、夕方にやっとホテルに戻ってきました。その日は旅行の最終日だったので、夜にはお別れパーティーが催されました。しかし、また食べられるものがほとんどなかったので、パーティーを抜けて、部屋でカップラーメンでも食べるしかないかなと思案していたのです。

そんなとき、愛知県から参加している若い社長さんが、僕に声をかけてくださいました。

「今朝、耳にしたのですが、昨日そこのお寺さんに行って、大仏や本堂の裏の奥院まで見学なさったそうですね。僕もこれから行ってみたいので、奥院の簡単な地図を描いてもらえませんか?」

地図を描くのも容易ではないと思えたので、直接ご案内することにしました。前日にごいっしょした男性と女性も同行してくださるというので、合計4人で向かいました。

今度は、ホテルから出て道路を渡ってすぐの正門から、お寺に入りました。着いてみると、夜の明かりに照らされたお寺の風景がなかなか美しいので、写真を撮ろうかと携帯電話を取り出しました。すると、なぜかバッテリーが容量不足ということで撮れません。前夜にフル充電して、その日はほとんど使っていなかったにもかかわらず、なぜか動かないのです。

仕方がないとあきらめて中に入り、最初にあった礼拝堂を覗くと、とても雰囲気がよいところでした。北、西、東の方向に仏像が置いてあります。韓国の人たちは、西を向いて、西の仏像に向かって礼拝していました。しかし、僕は北に向いて礼拝したいと他の3人に伝え、礼拝堂の中央に座って北を向きました。3人は、私の後ろに座ってくれました。

ところが、礼拝を始める直前になって、なぜか、座り位置に違和感を覚えたのです。

そこで、

「ちょっと悪いけど僕の横に座ってもらえませんか？　横1列に、東西に並んで」

と、3人にお願いしました。

全員が東西に1列になって礼拝を行い、

「気分がいいね、ここはよいところだね」

などと話し合いながら、礼拝堂を後にしました。

出たところには本堂があり、その中でもたくさんの韓国の人たちが礼拝をしていました。

それを見て、本堂に行ってみようと近づくのですが、前日と同様に、また行きたくなくなるのです。

「ここはダメだ、やはり行かないほうがいいよ。裏山に連れて行ってあげるから」

と言って、前日のルートを再び通り、本堂の裏山へ向かいました。

獣道なので、昼でもわかりにくいところですが、夜ですとまったくわかりません。

灯りもなく真っ暗な獣道を、スマートフォンを持っている人たちがサーチライト機能を使って照らしながら、なんとか登っていくことができました。

本堂の裏の奥院に着き、ここでちょっとお参りしようということになりました。

神社や奥院は南向きに建立されていることが多いため、参拝するときには普通は北に向くのですが、そこではなぜか北に向くのはいけない気がして、

「ここは北ではダメだ、南を向こう」
と南を向いてもらって4人で礼拝をしました。しかし、自分でもなにか変だな、なぜ南を向くのだろうと、不思議に思っていました。

礼拝が終わり、大仏のほうに行こうとほんの1分ほど歩いたところで、スコンと抜けるような感覚がありました。

「これはすごい、ここは龍穴かなにかになっている特別な場所だ。ここでもお参りしておかなければ……」

と、いったん北を向くのですが、やはり奇妙な感じがするのです。

北には、高校の敷地があります。高校との境の、杭と針金で作られている境界のすぐ手前に、地面から出たところですぐ二股に分かれている奇妙な木がありました。その隣には、もう少し細い2本の木が、まるで結界を張るように麻紐で縛られています。それらが左右にあり、真ん中には石造りの台が置かれており、ご神事をしたような気配が残っていたのです。

やはり、ここはそういう場所なのだと思ったのですが、そちらに向いてお参りをするのはどうも嫌な気がするので、反対の南に向いてお参りをしました。

その後、写真を撮っておきたくなったのですが、僕の携帯電話は使い物にならないので他の人にお願いしたところ、男性2人のスマートフォンもバッテリーが切れていました。

先ほど真っ暗な獣道を登ってくるときに足下を照らすために使ったからかなとのことですが、そんなに長時間ではなかったはずでした。運よく、女性がiPadを持っていたので、それで撮ってもらうことにしました。

彼女が撮影のためにiPadを掲げ、他の3人はその後ろから、画面を見ていました。撮影ボタンをタップした瞬間に、ストロボが明るく光ります。すぐに撮れた写真を見てみると、全体が真っ赤でした。

みんな驚いて、

「おかしいよ、もう1回撮って」

と言いました。

しかし、それから何回撮っても、そこで撮る写真だけが赤く写るのです。その場所を離れて違う場所を撮ると、普通に写っています。みんなで、その赤い写真を見て、

赤く写った写真

「これ変なもの、写ってるんじゃない？」

「人の顔のように見えるよね」

「なにかあるよ、ここ」

などと言い合います。するとその女性の口を衝いて、

「この山は、御陵だったんじゃないかな」

という台詞が飛び出してきたのです。

昔の重要な人物の御陵ではないかと……。

天皇陵での奇蹟

僕の出身地である岡山にも、宮内庁が管轄している御陵があります。その女性も岡山

の出身で、以前、僕とその女性も含めた数人で、宮内庁が立てた「立ち入り禁止」と書かれた看板を無視して、その山に入山したことがあります。すぐに、係官が飛んできました。どこかから、常に監視しているのでしょう。

すごく怒られたのですが、その最中も、ずっとキリストの「汝の敵を愛せよ」という教えを基にした活人術を実践して、その係官に愛を送っていたところ、だんだんと穏やかな雰囲気になりました。そして、最後には、せっかくここまで登ってきたのだから、上がってよいとまで言ってくださいました。

普段はできないことなので、今回だけ特別に登らせてあげるけれど、なにかあると困るから付いていくと、我々に同行してくれたのです。

御陵の頂上に着いたとき、係官が、

「あそこを見てください。わかりますか」

と言うので目を凝らすと、そこだけゆらゆらと、空間が揺らいでいました。それは陽炎《かげろう》のようでしたが、陽炎が立つような暑い日ではありません。

係官が、

「あれが天皇の御霊《みたま》です」

と教えてくださいました。

「あの場所に行ってもよいですか」

と聞くと、

「かまいませんが、ただ、時計は外したほうがいいですよ」

と忠告してくれたのです。時計をつけたままにしていると、その時計が壊れるのだそうです。その係官だけでなく同僚の方々も、それでいくつもの時計をダメにしてしまったとのことでした。


天皇の御霊の頂上まで係官の方もいっしょに行き、

「一番短い祝詞にしますので、奏上させていただいていいですか」

とお願いすると、快諾してくださいました。そこで、禊ぎ祓いの祝詞を奏上したのです。そのときに係官の方から、

「あなた、ここに呼ばれて来たんですね」

と言われました。続けて、

「すぐわかりましたよ。実は私も、天皇の御霊に命を助けていただいたこともあるん

です」と、驚くべき体験談を話してくださったのです。

「私はこの御陵を見守り、雑草を刈ったり見張りをしたりといったお世話をしています。常に歩き回っているので、敷地内についてはよくわかっているはずでした。

あるとき、御陵の斜面の上を歩いていたのですが、草が生えているところの先に足をつこうとしたら、不意に誰かが私の首根っこをつかんで、後ろにぐっと引っ張ったのです。

いったい誰だろうと思って振り向いたら、陽炎のような揺らぎだけがそこにありました。驚いて先ほど足をつこうとした草むらを見ると、それまでは地面があったところが、土が崩れて、崖になっていたんです。そのまま足をついたら、崖から落ちて死んでしまうところでした。

ここにいらっしゃる太古の天皇の御霊が、私の首根っこを引っ張って、救ってくださったのです。

御霊は、実際に力を発揮されることもあるのですよ」

やはり、中今の状態で神通力を発揮されておいでだった生前の天皇と同じことです。

生きていらっしゃる間にも現人神として神通力が発揮できるならば、亡くなって御霊のみになられてもできるのです。
いいえ、御霊のみになられたら、むしろそれは神そのものなのです。なおさら、ご自分が神だと信じられる存在なのです。

日本のいろいろなところに天皇陵があり、その場所にいらっしゃる御霊に素晴らしい霊力があるため、日本を守るように結界が張られています。あらためて調べてみると、本当に必要な場所に、必要な天皇陵が分布していることがわかります。
神国というと、反感を持つ方もいらっしゃるかと思いますが、本当の意味で日本は、神さまの御霊に守られている「神国」なのです。「神国日本」というのは、天皇至上主義というようなことではなく、日本が現人神から神となった歴代天皇の御陵に守られている神国だということなのです。

この岡山の天皇御陵での経験から、霊妙な御陵の空気が雰囲気でわかるようになりました。

ソウルのお寺のその場所でも、そうした雰囲気を感じたのです。写真が赤く写る、その赤という色合いも、紅のような色です。

そこは古代の朝鮮の王か、かなりの人物の御陵に違いないと思いました。そこに住まう、大きな御霊がいらっしゃるのです。だから赤く写るのだと、みんな納得しました。

下山し、大仏の前で4人それぞれがお参りしました。

前日のカフェで半年前に見た夢のことを思い出し、夢のとおりに巡っていったところ、ヒュンダイ通り、サムスン通り、高校、そしてお寺へとたどり着きました。そして、最後に導かれたお寺は御陵を奉るためのものだったのです。

おそらく、サムスンやヒュンダイの会長さんたちは、単にご子息を有名な高校に安全に通わせたいために、そこに住んだのではないでしょう。霊妙な山のその龍穴の力をいただいて、会社を繁栄させようとしているに違いありません。

御陵のそばに住むことに意義がある、むしろ、高校はどうでもよかったのではないかと、僕にはそう思えるのです。

御託宣を受ける

さて、僕に、わざわざ夢で見た場面を思い出させて、この御陵の付近を散策させたのはなぜでしょうか？

韓国料理が苦手だったために、フランス風のカフェに巡り合い、するとそこに夢に見た光景があり、夢で見たとおりに歩いていって、こういう結果になったのです。

僕の家が陰陽師の家系だったので、いったい、これはなにを意味するのだろうと、大仏の前で陰陽師の卦を使って問いかけてみました。すると、朝鮮半島の南北を統一するという結果が出てきました。それも、遠くない将来に、と出たので、他の３人にもすぐに伝えようとしたら、僕が話し始めるよりも先に同行の女性が、

「あっ、今、北の空から流れ星が落ちました」

と叫ぶのです。

陰陽師の卦を見るとき、天、つまり神さまが流れ星を落とされるということは、その結果は確実だという意味になります。

先ほどの南北統一という結果を伝えると、全員が納得しました。そういえば、最初の拝殿で東西1列に並んで北に向き、その後、本堂の裏ではなぜか北に向かわずに1列に並んで南を向きました。

みんな口々に、そういうことか、そうなるのか、などと言い合いながら帰途につきました。

ホテルに着くと、ご住職をされている訪問団の団長さんが、たまたまロビーにいらっしゃり、そこに興奮気味な4人が戻ってきたので、たいそう驚かれていました。

1人が少し勢い込んで、

「ちょっと、すごいことがあったのです」

とお伝えすると、

「明日は帰国日で、もう今夜は他にすることもないし、それ、ゆっくり聞かしてもらいたいね」

とおっしゃるので、僕の部屋に同行の3人とご住職をお招きしました。

ご住職は、なかば眠そうになってくつろいでおられました。

1人が、これまでの経緯を説明し、最後に、

「南北統一の卦が出たんですよ」

とお伝えした瞬間、それまで眠そうにしていらしたご住職が、急にシャキッとされて、

「今夜は、寝てる暇はあらへんで」

とおっしゃったものですから、むしろ我々が驚いてしまいました。


実はその前日、ご住職たちは焼肉を食べに出かけられたそうなのですが、そこで、まさにその話をしたばかりだというのです。

日本の仏教の高僧の方たちと、韓国のお坊さんたち、それから北朝鮮のお坊さんたちで集まって話した結果、政治家に任せたままでは、南北を統一するのは無理だという結論に達したそうです。だからこそ、「宗教家が頑張らなければならない」と決意されたとのことでした。

韓国で支持されている宗教で、一番多いのがキリスト教、そして2番目が仏教のようです。本当は、儒教が一番多いのですが、儒教は倫理であって、宗教ではないのだそうです。宗教としては、キリスト教信者の人口が多いため、仏教だけが頑張っても力が足

りません。そこで、上の地位にいらっしゃる日本のお坊さんがローマ法王にお会いして、宗教の力で南北を統一しなくてはいけないとご提案したところ、ローマ法王も、もちろんそうですと合意してくださったのだそうです。

それにより近々、仏教とキリスト教の宗教家たちが動く気運が高まり、南北が統一されるだろうという話をしたばかりだというのです。陰陽師の卦でもそう出たのであれば、これは本当だ、絶対にそうなるぞ、とおっしゃるのです。

これから、38度線を宗教家が歩いて渡ることがきっかけとなり、韓国側から北朝鮮に、一般人もどっと押し寄せることになります。

これまでは、緩衝地帯に地雷が埋められていたので歩くことができませんでした。ところが、韓国から帰ってきた2日後に、たまたま衛星放送で韓国のニュース番組を見ていたところ、北朝鮮と韓国の兵隊が、国連監視団視察の下に、いっしょに38度線の緩衝地区の地雷を撤去したと報道されたのです。

もう、いよいよ、というところまで、南北統一の気運が高まっています。

その話をしていたところ、韓国の仏教界では有名な話の中に、亡くなられた立派なお坊さんの予言というものがあると教えてもらいました。

それは、ずいぶん前からいわれているそうなのですが、「いつか日本の仏教家が、南北の分断を解消してくれる」という予言です。

つまり、韓国の焼肉屋で相談していたお坊さんのような人たち、日本の天台宗の人、もしくはその方たちを含めた日本の仏教界がスタートを切って、南北の分断を解消するのかもしれません。

帰ってきた吉備真備《きびのまきび》

さて、南北統一のご託宣が降りてきて、これで一段落ついたと思っていました。

仏さまからのメッセージ、「この者にはもうひと働きしてもらわねばならぬ」というのは、38度線を歩けということだろうか……、いやいや、そんなわけはない……などと自問自答しながら、最後に訪れたあのお山が、昔に地位のあった方の御陵だったというところで、一件落着、と納得していたのです。

ところが、話はこれですみませんでした。

ホテルに帰って、携帯電話を点検してみると、やはりバッテリー不足も解消し、写真が撮れる状態に戻っていました。どういうわけか、あの場所でだけ撮影不能となってしまっていたのです。

最終日の夜にだけお寺に同行した、愛知県から来ている若い社長さんですが、旅行の間中、彼はあちこちで写真を撮っていました。その中で、僕の写真も撮っていたらしいのです。

この社長さんは、ベンチャー企業である自分の会社の運営方針を、いつも旧知の若い女性霊能力者に相談しているといいます。重要なことを、いつも彼女に霊視してもらって決めており、そのおかげで、経営がとてもうまくいっているそうです。

帰国後、彼はその霊能力者に一連の旅行の話をして、あの全面真っ赤に写った写真も見せたのだそうです。それに加えて、御陵に登る2日前に写された僕の写真も見せると、

「この時点でもうすでに、この人に吉備真備が降りてきてますよ」

と教えてくださったというのです。

社長さんがあらためて見ると、3枚連続で撮った僕の写真に、上から真っ青な丸い玉が降りてきている様子が写り込んでいました。

撮った本人である社長さんもそれまで気づかなかったのですが、指摘されてみたら、真っ青な玉がはっきりと写っていたのです。

「この真っ青の丸いのが吉備真備なのですか?」

と彼が聞くと、普通の人には玉にしか見えないだろうと答えたとのことです。

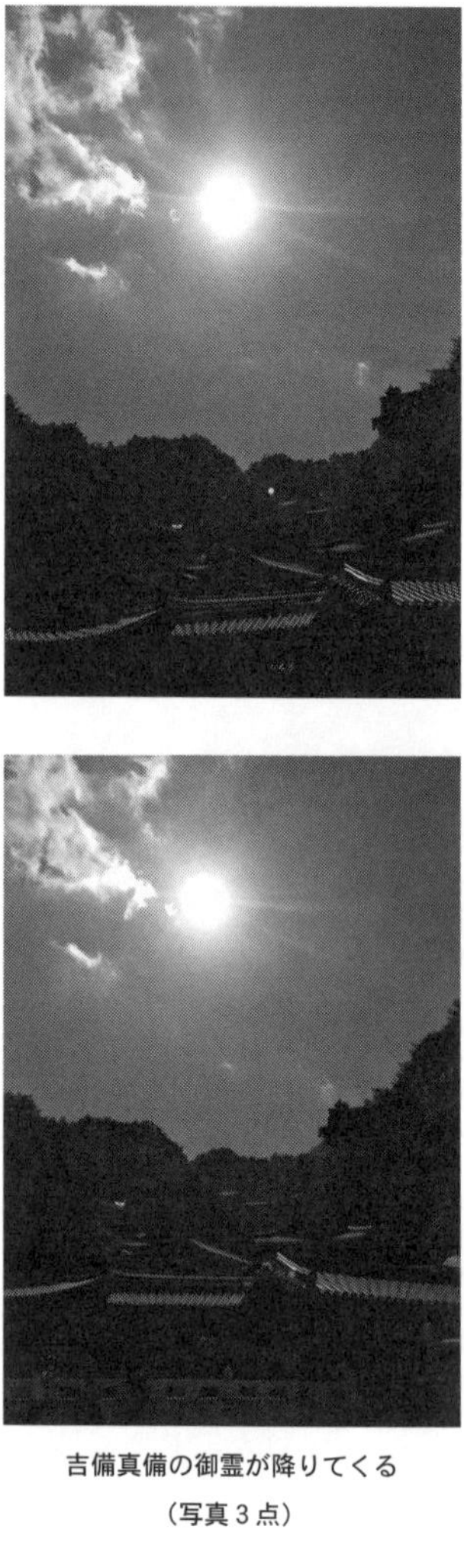

吉備真備の御霊が降りてくる
(写真3点)

彼女の霊視では、この玉の色のような、真っ青な平安装束を着た吉備真備が見え、それが、僕のところに降りてきているということなのです。さらに、

「この赤い写真の中にも、写ってますよ」

と言って、僕を含めた4人が顔じゃないかと話していたのが、本当に吉備真備の顔だと教えてくれたのです。

吉備真備は、どういうわけか僕に憑いてきているのだそうです。

吉備真備は、遣唐使で3回も唐に渡りました。1回目に渡ったときには、陰陽師の太山府君《たいざんふくん》という偉い先生から、陰陽道の秘伝の巻物を賜って帰ってきます。俗説では、安倍晴明が賜ったとされていますが、それは嘘です。吉備真備が賜ったそのとき、いっしょに遣唐使として渡っていた阿倍仲麻呂が、自分の孫に安倍晴明という男子がいるから、将来大きくなったとき、孫にも見せてやってほしいと頼んでいたのだそうです。

2回目のときには、鑑真和上を連れて帰りました。

3回目に渡ったときは、唐の王から帰るなと止められるのを押し切って船に乗り込みますが、その船が難破してしまい、朝鮮半島に流されてしまいました。

そこまでは史実としてはっきりしているようですが、そこから先が判然としておらず、おそらく、朝鮮半島のどこかに骨を埋めたのだろうと考えられています。


僕が思うに、朝鮮の王家に重鎮として登用され、死んだ後に御陵まで造ってもらったのではないでしょうか。僕が訪れたあの寺山は、その吉備真備の御陵であるために日本的なものも感じられ、霊力もある御陵なのではないかと思います。

吉備真備の御陵に導かれる前に、お寺で吉備真備の霊が降りてきていたと女性霊能力者にも霊視され、かつその霊能力者は社長さんに、韓国ツアーの2ヶ月ぐらい前に、ある予言をしていたのだそうです。


それは、近いうちに、世界中のみんなが喜ぶようなすごいことが起こるという予言でした。すごいことの内容は具体的にはわかりませんが、とにかくたくさんの人が喜ぶような、あっと驚くことが起きるということなのです。

考えてみれば、南北統一は、みんなが喜ぶことです。そして、あっと驚くでしょう。その予言もあわせると、南北統一というのはかなり、蓋然性《がいぜんせい》の高いものだと思われます。

皇太子殿下の霊力

韓国から帰ってきてからもそういう情報がもたらされたので、ソウルの御陵に御座《おわ》した吉備真備の御霊が僕に憑いてきているのは、生まれ故郷である岡山に帰りたいからなのかなと考えていました。

そこで、帰国してから岡山に帰った折、わざわざ吉備の里まで行ったのです。吉備真備が産湯を使った言い伝えがあるところや、お屋敷跡などにも行きました。そうして、

「早く降りてください、お帰り下さい」

と祈ったのですが、どういうわけか、まったく帰ってくださる気配がありません。僕はてっきり、吉備真備は故郷に帰りたいのだと思っていたのですが、そうではなかったようです。

さて、次の天皇になられる皇太子殿下は、たぐいまれなる祈りのお力をお持ちですが、残念ながらそのお力を活かせる神道の秘儀に参入なさってはいらっしゃらないようです。このままでは、宝の持ち腐れになるかもしれません。

以前から、多くの方々が唱えていらっしゃるのですが、皇太子殿下がお持ちの霊的な能力が花開くなんらかのきっかけがあるはずであり、誰かがそのスイッチを入れなければならないのです。

しかし、そのスイッチがいったいなにかということがわからないのです。僕自身も、伯家神道を継承してしまった者として、気にはしていました。しかし、ずっとわからずにいました。

それが、ついにわかったのです。

つい最近のことですが、伯家神道の御神事の最中、結界の中に吉備真備が現れてきました。現れたといっても、もちろん人間の姿で現れたわけではありません。ただ、その存在がわかるのです。

そして、吉備真備が教えてくださいました。

言葉ではなく思念、テレパシーというのでしょうか。おっしゃりたいことがはっきりとわかったのです。

それは、柏手を打つことであり、その打ち方も教えていただきました。その音が皇太子殿下の耳に入った瞬間、スイッチが入るのです。

皇太子殿下に、なにか話を聞いていただくというのは、一般では、まず不可能です。しかし、柏手のみでしたら、皇太子殿下が御出ましになられるときに、どなたでも自然に拍手をするので不自然ではないでしょう。これを、天皇にご即位されるまでになんとしてもさせていただかなくてはなりません。

なるほど、このことを僕に教えるために、吉備真備の御霊が憑いてきたのかと合点がいきました。

実は、神さまは結界を張ってその中で祝之神事《はふりのしんじ》をしないと、出てくることができません。そして、韓国旅行から帰国して初めての伯家神道の神事がその日だったのです。吉備真備は、その神事まで待って出現し、教えてくださったのです。

皇太子殿下にその素晴らしい祈りのお力を開花していただくために拍手を打たせていただく、そのためのすべての流れだったのだと、全貌がようやくわかりました。

ついにここまできたのです。

UFOから、すべてがつながりました。

皇太子殿下が天皇になられてからの世界はとても素晴らしいものになり、安寧の保たれた御世となりますので、なんの心配もありません。

皆さまも、どうかご安心なさってください。

現代の金星人ネットワーク（あとがきに代えて）

この本を世に出すにあたり、昨2018年12月9日午後6時頃に、生まれて初めてU

ＦＯを呼ぶことができた事実から書き進めてきました。

それを受ける形になりますが、その日から立て続けにこの僕の身に起きた２つの不思議な出来事をお伝えすることで、あとがきに代えさせていただこうと思います。

最初は、宇宙人に彼らの星に連れて行かれた人物と出会い、僕自身にとってもとても大切な事実を教えてもらう結果となりました。

その次は、その顛末をたまたま数人の知り合いに語った後で、その場にいた人物がご自分は金星人らしいとカミングアウトした勢いで、彼を含めた金星人ネットワークがこの地球上、特に日本で機能していると教えてくれたことです。

ＵＦＯを祝詞で呼べることができるようになったことで、僕にそうやって直接に働きかけてくる宇宙人からのアプローチが生まれたのかもしれません。この流れの先にどのような驚愕のＵＦＯ体験が待っているのか、考えただけで期待が膨らんでいきます。

初めてＵＦＯを呼ぶことができた翌々週のことです。１年ほど前から講演を依頼されていたため、僕は四国にある県立の工業高校に日帰りで行ってきました。その高校の先生からのお声掛かりだったのですが、あまり気乗りがしなかったのは、講演が「いじめ防止対策講演会」でのものだったからです。

僕はいじめ防止についての専門家ではないので、本当に僕でよいのかとその先生に確認したのですが、僕の生き様を自由に語ってくれるだけでよいとのことでした。それならまあなんとかなるだろうし、若い高校生たちの役に立てるなら恥をかくのもよいかもしれないと考え、ご依頼を受けることにしたのです。

その先生からは、できれば前日においでいただければ、おいしい魚料理などの夕食をごいっしょできますというご提案を頂戴したのですが、前日も翌日もすでに東京でスケジュールが埋まっていたため、丁重にお断りするしかありませんでした。

こうして、当日は日帰り旅行になったわけです。

高校に到着したのが午後1時過ぎで、僕を呼んでくださった若い先生に事務室に案内されて書類にサインし、そのまま全校生徒350名ほどが待つ体育館へと向かいました。講演内容は、僕自身が初めて行った外国で様々な恥をかきつつどのようにして生きてきたかを、生徒さんたちに知ってもらうというものでしたので、かなり好評だったと自負してはいます。

無事に1時間半の講演を終え、すぐにその高校を離れないと帰りの便に間に合わないと告げたのですが、校長先生に「せめて校長室でコーヒーでも」と言われてしまいました。

時計を見ると、まだ30分ほどは高校に滞在しても間に合うようだったため、校長室に寄ることにしました。応接セットの向かいに校長先生が座り、僕の左横に呼んでくださった若い先生が座る形です。

校長先生は、あらかじめ僕の経歴をネットで調べておいでだったようで、

「先生は大学は天文学科をお出になったのですね」

と口を切ってきました。それを受けて、

「はあ、まあそうですが、僕はＵＦＯや宇宙人について研究しているのが天文学科だと誤解して入ったため、教授たちにはあきれられてしまいました」

とお応えしたとたん、満面の笑みになった校長先生は、

「いやー、実は私もよくＵＦＯを目撃しています」

と言い放ってしまいました。

これは、なかなか珍しい校長先生だなと僕も楽しくなってきたのですが、僕の横に座っていた若い先生が先に口走ってしまいます。

「校長、あなたもUFOをよくご覧になるのですか。まったく存じ上げませんでした。でも、実は私はUFOに乗ったことがあるのです」

それを聞いた校長先生も興味津々のご様子でしたが、隣で突然UFOに搭乗したことがあるという話が出てきたのには、僕も大いに驚いてしまいました。

その勢いを駆って、僕は若い先生に向かって不満げな表情をあらわにして気持ちをそのままぶつけてしまったのです。

「えーっ、UFOに乗ったことがあるのですか！　それはぜひとも詳しく教えてもらいたかったですね。今日はもう帰らないといけないので、せめて昨日の夜にでもゆっくり時間を取って聞かせていただきたかった！」

それに対して、若い先生も応戦してこられます。

「だから、前日からおいでいただいて夕食でも取りながらゆっくりお話がしたいとお伝えしたではありませんか……」

確かに、そのとおりです。負けを認めた僕は、時計を見て、

「あと15分はここにいられますから、先生がUFOに乗ったときのことをかいつまんで教えていただけないでしょうか？」

と懇願しました。校長先生もぜひ聞いておきたいとのことで、若い先生が事の顛末を簡単に話してくださったのです。

それは、次のようなものでした。

高校の教員になってからのことですが、その先生の前に宇宙人が現れるようになりました。音声による会話ではなく、テレパシーのように思考の中に直接に入ってくるような形でコミュニケーションが可能だったそうです。見た感じは普通の地球人と同じに映ってはいるのですが、不思議なことにどういうわけかボンヤリとしか見えなかったとのこと。焦点をあわすことができないかのようでした。

数回目にその宇宙人が現れたとき、

「あなたが望むなら、私たちの星にお招きする用意がある」

と告げられた先生は、かねてから宇宙人の母星に行ってみたいと思っていたため、ぜひとも連れていってほしいと頼んだそうです。

「それでは、あなたたちがＵＦＯと呼んでいるものに乗っていただき、地球時間で24時間だけお連れすることにします」

と宇宙人がテレパシーで伝えてきたとき、先生の目の前に小型のＵＦＯが忽然と出現しました。ところが、そのＵＦＯらしき物体を見たとき、先生はつい思ってしまったそうです。

「こいつら、おちょくっとんのか」

と。なぜなら、その物体はどう見ても、商業遊園地などにある回転するたこ足の先にコーヒーカップや飛行機を固定して、そこに子どもたちを乗せる大型遊具にあるような、安っぽいおもちゃのようなＵＦＯだったのです。

すると、その思考を読み取ってしまった宇宙人が、ちゃんと疑問を払拭してくれました。

「このＵＦＯの本当の姿を見たなら、恐怖感が湧いてきてあなたはその中に入ってはくれないでしょう。だから、あなたの目にはまったく恐怖を感じない形に映るようになっているだけです。

さあ、乗り込んでください。私は同行できませんが、到着地点では私たちの仲間がお迎えいたします」

うながされて乗り込んだＵＦＯの内部もまた、遊園地の遊具のような安っぽい雰囲気でした。

ところが、内部の照明がだんだんと虹色に分かれていったかと思うと、空気のようにサラサラとしていた光が水のように身体にまとわりついてくるようになると同時に、その虹色の光が霊妙な音楽とともにＵＦＯの内部をクルクルと乱舞したかと思うと、もう宇宙人の母星に到着していたのです。

出迎えてくれた宇宙人もまた、その姿にはっきりと焦点をあわせることができなかったそうです。その宇宙人が最初に教えてくれたのは、今の地球での子どもの教育、特に日本での教育は最悪で、多くの子どもたちをダメにしてしまっているということでした。そして、それを少しでも改善してもらうために、その若い先生を呼んでその星での子どもの教育を学んで帰ってほしいとのこと。

その先生にも異論があるはずもなく、その星に滞在している間に教育現場をつぶさに見て回ったそうです。

そうしてわかったことは、その星では子どもが持って生まれた天賦の才のみを引き延ばすように教育されていて、その他の面についてはなにもしないということでした。天賦の才のみを引き延ばしていけば、その他のこともちゃんとついてくるからです。地球での、特に日本での教育がよくない理由は、天賦の才を無視してすべての面を一律に引き延ばそうとするからだとも教わりました。

かねてから、なんとなくそのように思えていた自分の考えが正しかったのだと気づけた先生は、地球に戻ったならまず自分の教育現場でそれを実践していくことを約束し、再び遊園地の遊具のようなＵＦＯに乗って地球に戻ってきたのです。

こうして最初に小型のＵＦＯに乗って身体を伴う形で宇宙人の母星に行っておけば、次からは身体を地球に置いたままアストラル体と呼ばれる霊魂だけで母星を訪れることができるようになるそうです。その若い先生もそれから何回もアストラル体のみで宇宙人の母星に行って、多くの学びを得ているとのことでした。

アストラル体のみで地球を離れるときは、身体も伴って離れるときに乗った１人乗りのＵＦＯではなく、10人から20人ほどのアストラル体が大きなＵＦＯに乗せられていくそうです。毎回違った人たちが乗っていくそうですが、中にはよくいっしょになる人も数名はいるとのことです。

その１人で、宇宙人の母星に以前からよく行っているため、まだ数回ほどしか行ったことのない新参者の地球人に向かって、ここをよく見ておけとか、この星のこんな素晴らしいテクノロジーは地球ではまだまだ先のことになる……などと大声で自慢げに解説している男がいました。実に鼻持ちならない人間だったのですが、わりとよくいっしょになるために若い先生もその男と親しくはなっていたそうです。

そんなとき、その先生が書店で棚に並んだ本を眺めていたのですが、不意にその男の写真が表紙を飾っている本を見つけてしまったそうです。それは著者の写真で、「保江邦夫」という名前の日本人でした！

偶然にも、宇宙人の星で親しくなった地球人の名前が特定できたことで、先生はどうしてもその「保江邦夫」という人物に会って、母星での記憶があるかどうかを確認したくなったそうです。

それで、勤務先の高校の「いじめ防止対策講演会」の講師として招き、前日にでもゆっくりと話をしようと考えていたとのことでした。

そして、その先生と同様に僕も宇宙人の星に何度も行った記憶があるかどうかを、僕に会って直接に聞いてみるつもりだったのです。

そんな奇想天外な話を聞かせていただいた僕は、内心とてもうれしくなってしまい、興奮でしばらくは他のことを考えることもできなくなってしまいます。

なぜなら宇宙人の母星に行った記憶は毎回消されてしまっていて、まったく覚えてはいないのですが、夢の中には宇宙のどこかの星で活躍している場面がしょっちゅう出てきていたからです。

それが、単なる荒唐無稽な夢などではなく、アストラル体で宇宙人の母星に行ったときの様々な体験を反映したものだった可能性に気づかせてもらったからです。


これまでも、伯家神道の先代の巫女さまからは、この僕の霊魂はアンドロメダ星雲の出身で、それがこの天の河銀河系のシリウス星系にやってきた後、金星経由でこの地球に転生してきたと教えていただいたこともあります。

また、シリウス星系では宇宙艦隊の司令官として活躍し、金星から地球にやってきたときにはサナートクマラーとして崇められていたということも、他の霊能力者の方々に指摘されたこともあります。ですが、それらはすべて霊視によって得られたものにすぎず、僕自身も半信半疑に聞いていたというのが本音です。

しかし、実際に僕が本当に地球以外の星系に行っていた場面を見てきたというその若い先生の証言によって、ついに僕はすべてを理解し、受け入れることができたのです。

その6週間後、新年号となる今年2019年の1月28日の夜のことです、代官山のライブハウスでサイエンスエンターテイナーとして活躍している桜井進さんとの対談講演の終了後、機材の片付けを終えた桜井さんを誘って遅い夕食を取りにライブハウスを出たときには、夜の11時頃になっていました。

通りに出てタクシーを拾おうとしたら、講演会に来てくださっていた男性が道端でタクシーを待っているご様子でした。よく見ると、これまで何回か講演に参加してくださっていた、顔見知りの画家の方のようです。

これから旧知の桜井さんの労をねぎらうために、フランス大使館の隣にある洒落た店に行こうかというときに、普通なら他の人に声をかけて誘ったりすることは絶対にないのですが、このときは違っていました。どういうわけか、僕の口を衝いて、

「これから夜食に行きますが、よかったらごいっしょにいかがですか？」

という台詞が出てきてしまったのです。その結果、その画家もいっしょにタクシーに乗り込んでしまいます。

お店で食事をしていたとき、僕は宇宙人の母星に行ったという高校の先生の話を持ち出して、どうやらこの僕もその星にしょっちゅう出入りしてきたようだと話してしまいました。すると、それを聞き終わったタイミングで、画家がポツリと語り始めたのです。

「どうやら、私も金星人らしいのです……」

怪訝そうな雰囲気の僕と桜井さんに向かって、その画家はこれまた驚くような話をご披露してくださいました。聞き終わったとき、いつもの僕なら絶対にしないことをなぜかしてしまった理由が、はっきりとわかりました。

そう、この画家が伝えてくれる、人知れずこの地球を守っている金星人のネットワークが現存するという真実を知るためだったのです。

ここまで書き進んできた驚愕の事実の数々を締めくくるにあたり、この画家が語ってくれた内容を最後にご披露しておきたいと思います。

あるとき、画家にアパレル系の会社から電話があり、その会社の社長さんがぜひとも会いたいとのことでした。個人以外にも企業からも絵の購入希望があるため、その社長さんも絵を買ってくださるのかと、軽い気持ちでその会社に向かったそうです。

社長室に通されると、初老の社長さんが深々と頭を下げ、出向いた画家に労をねぎらってくれました。そのうえで、高校生の頃からの話を聞いてほしいと切り出されたのです。

その社長さんが高校生の頃、金星の大気上層部に浮かぶ人工的な巨大施設に住んでいる金星人からのテレパシー通信が頭の中に響くようになったそうです。なにかの幻聴かもしれないと思っていたところ、金星人から、

「地球には600人を超える数の金星人が派遣されていて、中でも日本にいる金星人の数が一番多いのだが、君もその1人で金星からの指示によって行動する実動要員に他ならない。今回、君に地球を守るためにひと働きしてもらうことになった」

というテレパシーを受けてしまいます。それに続くテレパシー通信では、

「これからオーストラリアに行ってもらう。現地の原子力発電所の原子炉が極めて危険な状態にあるので、それを解消させてくるのが君の初めての任務だ」

とまで告げられてしまったのです。

高校生の身ではとてもオーストラリアに行くことはかなわないと思った直後、金星人からは、

「右の引き出しを開けてみろ」

と指示され、すぐに開けてみたところ、作ったこともなかったパスポートだけでなく、オーストラリアまでの往復航空券の束やオーストラリアドルの紙幣までもが入っていたのです。

結局、そのパスポートと航空券を使ってオーストラリアまで飛んだ高校生は、内密にトラブルを抱えていた原子力発電所の前まで案内され、塀の陰で座禅のまねごとをやってみました。他になにをすればよいのかまったくわからなかったため、自分で考えての行動だったそうです。

座禅を組んでしばらくした頃に、「あ、これでもう大丈夫だ」という考えが自然に湧き出てきたため、その場を離れて日本に帰ってきました。

数日後、再び金星人からのテレパシーが届き、

「君が無事に任務を遂行したおかげで、オーストラリアの原子炉のメルトダウンを防ぐことができた」

と教えてくれたのですが、それに続いて、

「今後もこのように地球の危機を救うために、活動してくれることを期待する」

と檄《げき》を飛ばされたとのことです。

こうして、その高校生はその後も金星人からの指令に従って、世界各地で多くの危機を救ってきていました。地球人、特に日本人としてはアパレル業界で活躍し、会社を興して社長になったほどです。

そして、つい最近のことでした。金星人からの指令で1つの危機をおさめてきた直後、また別の指令が届いてしまいました。ご自分ももうかなりの年齢になってしまい、昔のようには体力の回復がついてこないためにとても次のミッションはこなせないと感じた社長さんは、初めて指令を断ってしまったそうです。

そうすると、金星人からはこんな返事がテレパシーで届きました。

「君のようにエネルギーを失ってしまった実動要員のために、地球にいる金星人の一部は支援要員として待機している。君の近くでは、この者が支援要員なのですぐに連絡して支援してもらいなさい」

同時に、その支援要員である金星人の地球での氏名と連絡先が教えられたため、社長さんは部下に命じて、その画家を呼んでくれるように依頼したのです。

社長さんが語る、にわかには信じられないような話をボンヤリと聞いていた画家は、急に自分にお鉢《はち》が回ってきたためハトが豆鉄砲を喰らったかのような表情で口走ったそうです。

「社長さん、私が金星人で、同じく金星人の実動要員である社長さんを支援する支援要員だということを仮に認めたとして、私はいったいどんなことをすればよいのでしょうか？」

それに対して、1時間ほど前に社長室に通されたときのお疲れになった雰囲気とはガラリと変わって、まさに元気はつらつといった感じの社長さんは、

「いえいえ、あなたはなにも格別なことをする必要はないそうです。ただただ、1時間ほど雑談しながら同じ空間を共有しておくだけで、支援要員からエネルギーをもらえると聞いています」

と告げた後、

「おかげさまで私も元気が復活してきました。金星人からの情報のとおり、やはりあなたは支援要員として地球に送り込まれている金星人なのですね。ありがとうございます。私はこれから次の任務がありますので、どうぞお引き取りください」

などという実に素っ気ない言葉で、その奇妙な会談に終止符が打たれたのです。

そんな驚愕の内容を語ってくれた画家は、最後に僕の目を見つめながら、

「金星人の実動要員にエネルギーを充填できたということは、私は支援要員の金星人、つまり本当の金星人だということのようなのです……」

と語りかけてきます。

そして、僕は理解し、大いに安堵しました。この地球上には、様々な危機を乗り越えるため、宇宙人からの建設的な介入や、金星人による実動要員や、支援要員のネットワークが構築されているのですから。

それらすべてが、新しき天皇となられる徳仁親王を陰でお支えする力となり、世の平安と地球上での恒久平和が実現されることを、心より祈らせていただきます。

完

保江邦夫 プロフィール
Kunio Yasue

1951年、岡山県生まれ。理学博士。専門は理論物理学・量子力学・脳科学。ノートルダム清心女子大学名誉教授。湯川秀樹博士による素領域理論の継承者であり、量子脳理論の治部・保江アプローチ（英：Quantum Brain Dynamics）の開拓者。少林寺拳法武道専門学校元講師。冠光寺眞法・冠光寺流柔術創師・主宰。大東流合気武術宗範佐川幸義先生直門。特徴的な文体を持ち、70冊以上の著書を上梓。

著書に『人生がまるっと上手くいく英雄の法則』、『浅川嘉富・保江邦夫 令和弐年天命会談 金龍様最後の御神託と宇宙艦隊司令官アシュターの緊急指令』（浅川嘉富氏との共著）、『薬もサプリも、もう要らない！ 最強免疫力の愛情ホルモン「オキシトシン」は自分で増やせる!!』（高橋 徳氏との共著）、『胎内記憶と量子脳理論でわかった！『光のベール』をまとった天才児をつくる たった一つの美習慣』（池川 明氏との共著）、『完訳 カタカムナ』（天野成美著・保江邦夫監修）、『マジカルヒプノティスト スプーンはなぜ曲がるのか？』（Birdie氏との共著）、『宇宙を味方につける こころの神秘と量子のちから』（はせくらみゆき氏との共著）、『ここまでわかった催眠の世界』（萩原優氏との共著）、『神さまにゾッコン愛される夢中人の教え』（山崎拓巳氏との共著）、『歓びの今を生きる 医学、物理学、霊学から観た 魂の来しかた行くすえ』（矢作直樹氏、はせくらみゆき氏との共著）（すべて明窓出版）、『東京に北斗七星の結界を張らせていただきました』（青林堂）など、多数。

祈《いの》りが護《まも》る國《くに》
アラヒトガミの霊力《れいりょく》をふたたび

保江《やすえ》　邦夫《くにお》

明窓出版

平成三一年四月一日　初　刷発行
令和七年三月二十日　第六刷発行

発行者――麻生真澄
発行所――明窓出版株式会社
〒一六四―〇〇一二
東京都中野区本町六―二七―一三
振替　〇〇一六〇―一―一九二七六六

印刷所――中央精版印刷株式会社
落丁・乱丁はお取り替えいたします。
定価はカバーに表示してあります。

ISBN978-4-89634-397-7

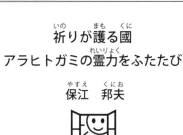

浅川嘉富・保江邦夫　令和弐年天命会談
金龍様最後の御神託と宇宙艦隊司令官
アシュターの緊急指令

本体価格　1,800 円＋税

令和弐年、金龍様から最後の御神託が下る

目前にせまった魂の消滅と地球の悲劇を回避できる、金龍様からの最後の御神託とはどのようなものなのか…?!　金龍と宇宙艦隊司令官を交えて行われた、人智を凌駕する緊急会談を完全収録！

「神様はリセットボタンを押したがっている」

自身の精神と肉体を極限にまで酷使して世界中の秘蹟を探検、全身全霊を傾けてその解明に邁進してきた

龍蛇族研究の第一人者

浅川嘉富氏

×

保江邦夫氏

異能の物理学者

湯川秀樹博士の最後の弟子にして、伯家神道の祝之神事を授かった

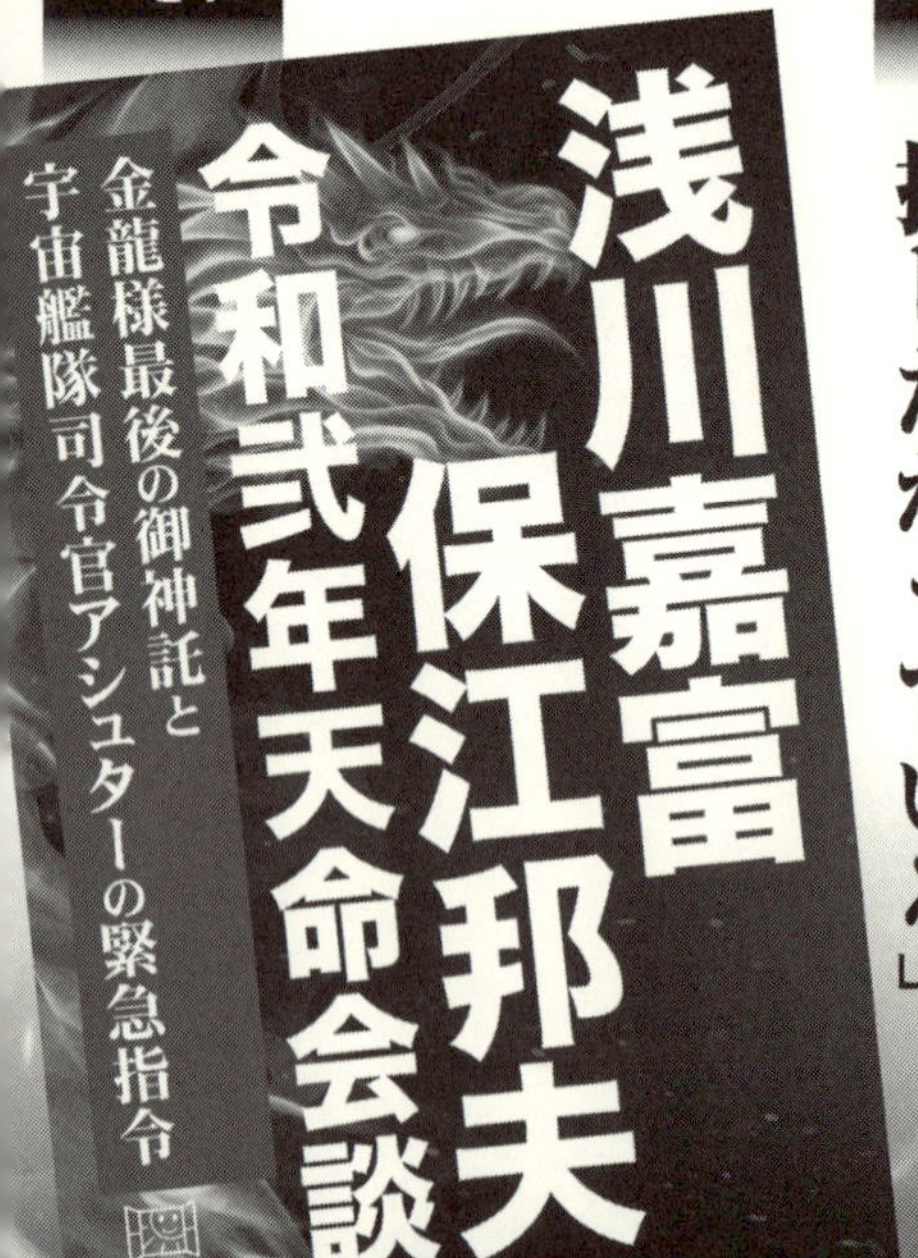

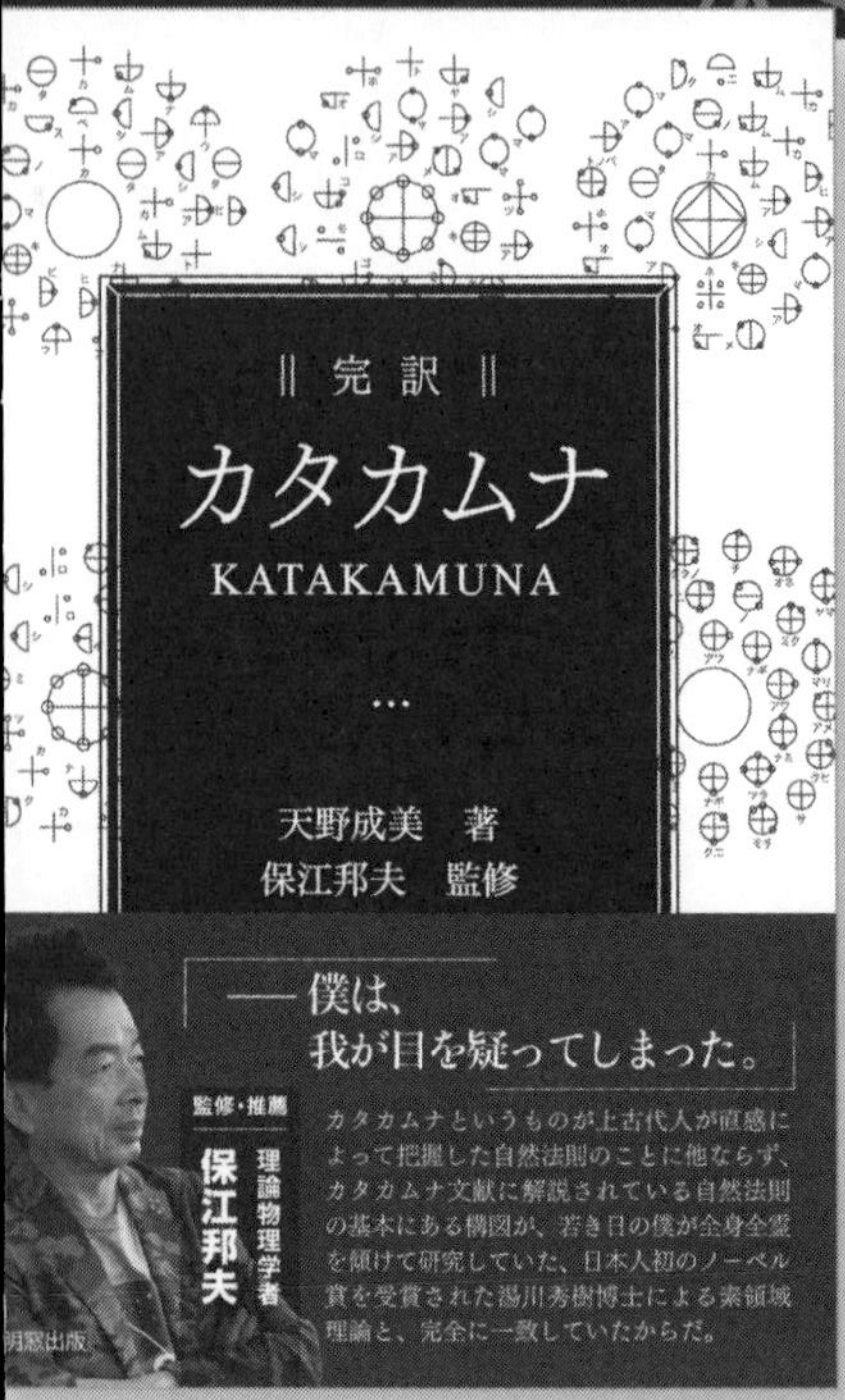

あの保江博士が **驚嘆!!**

「本書に書かれている内容は、若き日の僕が全身全霊を傾けて研究した、湯川秀樹博士の素領域理論と**完全に一致**している」

本体価格 3,600 円＋税

我が国の上古代の文化の素晴らしさを後世に知らしめることができる貴重な解説書

上古代に生きたカタカムナ人が残し、日本語の源流であるといわれる「カタカムナ」。発見者、楢崎皐月氏の頭の中で体系化されたその全ての原理は、現代物理学において、ようやくその斬新性と真の価値が見出されつつある宇宙根源の物理原理。それは、人を幸せに導くコトワリ（物理）のウタであり、本来人間が持っている偉大な可能性やサトリにつながる生物脳を覚醒させるものである。

本書は、楢崎博士の後継者、宇野多美恵女史から直接に学んだ作者が半生を賭して記した、真のカタカムナ文献の完訳本。近年のカタカムナ解説本の多くが本質をねじ曲げるものであることに危機感を覚え、令和という新たな時代に立ち上がった。